www.tredition.de

AF198044

Für Karl, der immer an mich glaubt.

Gaby Bergbauer

Die falsche Person

Band 1

www.tredition.de

© 2016 **Gaby Bergbauer**

Umschlag, Illustration:
©Gaby & Karl Bergbauer
Weitere Mitwirkende:
Karl Bergbauer

Verlag: tredition GmbH, Hamburg

ISBN
Paperback   ISBN 978-3-7345-3095-1
Hardcover   ISBN 978-3-7345-3096-8
E-Book   ISBN 978-3-7345-3097-5

Printed in Germany

1

Florida USA

Wie von sinnen, raste Ole mit seinem alten weißen Ford Mustang durch die Innenstadt von Tallahassee. Wann immer er auf der Hauptstraße einen Stau erkannte, wich er über eine Nebenstraße aus, Hauptsache seine Verfolger holten ihn nicht ein. Da waren ihm auch Mülltonnen oder Briefkästen die am Straßenrand standen egal. Sie durften ihn auf keinen Fall einholen. Schweiß trat auf seine Stirn. Ole wollte immer den großen Coup landen. Bisher gelangen ihm nur kleine Gaunereien, das genügte ihm nicht.

»Was eine Scheiße, was ist denn dieses Mal bloß wieder schief gelaufen? Wieso muss mir das immer passieren?«

Ole fluchte wie ein Rohrspatz und bog mit quietschenden Reifen zurück auf die nächste Hauptstraße. Das Heulen der Sirenen hinter ihm wollte sich nicht abschütteln lassen. Jetzt aber Vollgas. »Mist, scheiß Verkehr«, abermals bog er in eine Seitenstraße ab. Die wenigen Passanten sprangen zur Seite.

»Idiot halt an!« Ole verkrampfte sich am Lenkrad und trat voll in die Bremse. Die Räder des alten Mustangs blockierten und der Wagen rutschte über den Asphalt. Erst das knirschen von Blech und splittern von Glas brachte seinen Wagen zum Stehen. Weshalb musste auch gerade jetzt ein Lieferwagen Rückwerts aus der Einfahrt kommen. Eine halbe Minute später und es wäre perfekt gewesen. Außer ein paar blauen Flecken Und Prellungen war er nicht verletzt. Vom Krankenhaus ging es gleich ins Gefängnis. Ole kannte den Weg schon.

»Ole Titus, erst vor 14 Tagen aus dem Knast entlassen und schon wieder hier in meinem Büro«, kopfschüttelnd saß Captain Pepper hinter seinem Schreibtisch. In der üblichen Gefängniskleidung, Fuß- und Handfesseln saß Ole Captain Pepper gegenüber.

»Was denn, ich hab doch gar nichts verbrochen.«

»Und was war da in der Tankstelle, das nennst du nichts verbrochen?«

»Ich habe mich nur ganz nett mit dem Kassierer unterhalten, da kommt der Schnösel rein und drängelt sich vor.«

»Ole, du hast dem Mann die Schulter ausgekugelt und ihm das Nasenbein gebrochen«, erwiderte Captain Pepper etwas lauter und stützte sich dabei mit den Händen auf seinen Schreibtisch ab.

»Na, wenn das Weichei nichts aushält, was drängelte der sich auch vor.«

»Ole, du hast von dem Kassierer die Tageseinnahmen verlangt. Und das nennst du eine nette Unterhaltung? Warum hast du den Mann nicht erst bezahlen lassen, dann wäre doch mehr in der Kasse gewesen?«, erwiderte der Captain sarkastisch.

»Der Arsch hatte doch eine Kreditkarte, das bringt mir doch nichts. Außerdem muss das der Kassierer völlig falsch verstanden haben. Und wieso waren schon die Bullen auf den Weg?«

»Das nennt man stillen Alarm Ole. Heutzutage haben auch Tankstellen so ein Knöpfchen unter dem Tresen. Als du dem armen Mann die Knochen verbogen hast, hat der Kassierer den Alarm ausgelöst. Warum versuchst du es nicht mal mit einem richtigen Job?«

»Sehr lustig, die suchen nur Leute für den Bau, ich maloche doch nicht den ganzen Tag für so ein paar Kröten. Das muss doch auch einfacher gehen.«

»Die meisten Menschen müssen den ganzen Tag malochen, wie du es nennst, um ihre Rechnungen zu bezahlen. Und du glaubst, es auf deine Art zu machen? Irgendwann haben wir dich hier als Dauergast. Officer führen sie Ole ab. Soll sich der Richter mit ihm befassen. Der Fall ist ja wohl klar.«

Ole hatte die Handschellen noch an, als er aus dem Raum geführt wurde. Das Letzte was Captain Pepper noch von ihm vernahm waren seine Worte: »Scheiß Technik, und wer bezahlt mir jetzt den Schaden an meinem Wagen?«

Captain Pepper schüttelte seinen Kopf und murmelte: »Wir ganz bestimmt nicht.«

»Mr. Hudson, es tut mir wirklich leid für sie, aber mit Ihrer Behinderung habe ich immer noch keinen passenden Job.« Paul Hudson saß vor dem Schreibtisch einer attraktiven jungen Angestellten der Jobvermittlung, die ihn bedauernd anblickte.

»Aber ich möchte doch gerne Arbeiten, ich fühle mich so nutzlos. Ich kann doch nicht immer und ewig anderen auf der Tasche liegen.« Verzweifelt blickte er sie an, um damit noch einen Versuch zu starten ihr eine Stelle zu entlocken.

»Mr. Hudson, aufgrund Ihrer... sagen wir mal ungesetzlichen kleinen Tricksereien, kann ich ihnen leider nichts anbieten.«

»Ach Mrs. Smith, das waren doch nur Kleinigkeiten, sie sehen doch selbst das ich nichts Größeres anstellen kann. Ich bin eben mehr der Denker als der Macher.« Dabei hob Paul seine Hände über den Tisch und zog seine Schultern zum Zeichen des Bedauerns hoch.

»Eben, es tut mir wirklich leid Mr. Hudson«

Paul ließ seine Arme sinken, stieß einen tiefen Seufzer aus, bedankte sich für ihre Mühe, während er sich schwerfällig erhob, und den langen Weg zum Ausgang ging. Viele Leute sah er vor den Türen sitzen. Manche kamen freudestrahlend heraus, weil sie Arbeitsangebote bekommen haben. Er beneidete sie. Ich kann doch nicht immer auf der Tasche von meiner Mutter liegen. Die paar Kröten vom Amt reichen vorne und hinten nicht, dachte er sich. Seine Geschwister waren viel besser dran, sie hatten gute Berufe und ein sicheres Einkommen. Aber er mit seiner Behinderung konnte keinen Beruf erlernen.

Wie soll man einer ehrlichen Arbeit nachgehen, wenn einem jede Chance genommen wird, dachte sich Paul. Also wird er sich wohl wieder einen suchen müssen, der die Arbeit für ihn machen muss. Es wird immer schwieriger den richtigen Mann zu finden.

Deutschland

Mara fragte sich, warum sie immer an die falschen Männer geriet. Stand auf ihrer Stirn »nutzt mich aus«, geschrieben? Zugegebenermaßen hatte sie nicht viele Männer mit ihren 27 Jahren, aber die Vier konnte sie alle vergessen. Manuel war ein Macho, wie er im Buche steht. Thomas war faul ohne Ende und wollte sich bei ihr ausruhen. Arbeiten gehen war nicht so sein Ding. Albert war eifersüchtig wie verrückt. Mara durfte keinen Schritt ohne ihn tun. Das war ganz und gar nicht das, was sie brauchte. Sven war eine echte Katastrophe. Er wollte sie sofort heiraten, sich mit ihr einen gemeinsamen Kredit aufnehmen und das Leben genießen. Mara sollte aber weiter arbeiten gehen. Nee nicht mit mir, dachte sich Mara.

Nach ihrem Kunststudium an der Universität der Künste in Berlin machte sie sich einen Namen als Bühnenbildnerin. Darauf hatte sie ihren Schwerpunkt gelegt. Sie fand auch gleich einen guten Job in Frankfurt am Main. Das Schauspielhaus hatte es ihr schon immer angetan und sie war glücklich, dass gleich die erste Bewerbung klappte. Mara liebte es, mit Holz zu arbeiten. Holz lebt und das faszinierte sie. Fortan lebte sie nur noch für ihren Beruf, der ihr sehr viel Freude bereitete. Mit Holz, Stoff und Farben Kulissen zu erschaffen, das gefiel ihr und die Regisseure waren von ihrer Arbeit sehr angetan. Sie konnte ihre Ideen gut mit einbringen. Man schätze ihre Kreativität.

Dort lernte sie auch Nele kennen, sie war Kostümschneiderin. Sie kam sehr gut mit dem Kostümbildner aus, der sehr eng mit dem Bühnen- oder Szenenbildner und dem Regisseur die Kostüme bespricht und dann kommen die ausgewählten Kostüme in die Kostümschneiderei zu Nele. Die Anprobe mit den Schauspielern ist manchmal etwas anstrengend. Stellen die Schauspieler mal wieder zu viele Ansprüche, kommt der Regisseur nicht selten zu Nele und ihren Kollegen. Dort kann er seinen Frust abladen.

»Wir dürfen ihn dann wieder aufmuntern.« Nele erklärte Mara: »Am liebsten sind mir die homosexuellen Kostümbildner. Die sind am nettesten, obwohl sie auch recht ausgeflippt sein können. Sie werden nie ungerecht oder gar gemein. Und zu Frauen sind sie sowieso immer zuvorkommend«, Nele lachte dabei. Mara konnte dies nur bestätigen, so ist es auch in ihren Werkstätten. Weiter erklärte Nele: »Der Kostümbildner arbeitet zunächst mit dem Regisseur zusammen. Das geschieht alles in Abstimmung mit der Theaterleitung...« Mara unterbrach ihre Freundin lachend: »Halloooo, ich arbeite auch hier am Theater schon vergessen?« Auf einmal musste auch Nele lachen.

»Oh entschuldige Mara, ich habe es meinen Nichten und Neffen erklären müssen und da war ich so drin.«

»Schon gut«, rief Mara: »Ich weiß, mir geht es manchmal auch so.«

Heute Abend zur Premiere sind Mara und Nele erst gar nicht nach Hause gegangen. Sie standen beide am Bühneneingang. Von dort hatten sie einen guten Überblick auf die Bühne und zum Publikum. Mara konnte sich wie immer ansehen, wie die Kulissen auf das Publikum wirkten.

Die Kulisse zur Inszenierung »Der Tod kam zur Morgenröte« hatte viel Arbeit gemacht. Sie hatten viele Überstunden machen müssen. Die Hauptkulisse wurde von Dan dem Amerikaner erstellt und alle waren begeistert. Mara machte nur einen Teil davon. Sie war für die Seitenkulisse zuständig. Auch sie war mit ihrer Arbeit sehr zufrieden. Die Todesszenen brachten den Leuten eine Gänsehaut ein. Mara sah, dass einige im Publikum sich die Arme rieben. Spätestens jetzt wusste Mara, warum sie ihren Beruf so liebte. Auch der Regisseur war mehr als zufrieden. Zu Mara und Nele meinte er leise: »Ihr habt einen echt guten Job gemacht.« Wer hört solche Komplimente nicht gerne.

Mara und Nele gingen in der Pause ins Foyer, wo Canapes und Sekt dem Publikum bereitgestellt wurden. So konnten sie vor den Kritikern die Meinungen einfangen. Mit einem Glas Sekt mischen sie sich unters Publikum. Das machte beiden immer großen Spaß. Viel Lob bekamen auch die Kulissen. Nicht nur die hervorragenden Schauspieler. Somit ging wieder ein ereignisreicher Tag zu Ende.

Maras zweite Leidenschaft gehört der Malerei, leider hatte sie keine Zeit das auch noch zu studieren. So malt sie für sich und zeigt es nicht der Öffentlichkeit. Ihre Familie regte sie oft an, ihre Werke auszustellen, das lehnte Mara immer ab. Sie war eine Perfektionistin, alles musste stimmen. Sie selbst war der Meinung, dass ihre Bilder alltagstauglich waren, aber mehr auch nicht.

Mara mochte ihre 2-Zimmer-Wohnung in Sachsenhausen. Sie hatte es nicht weit zum

Schauspielhaus. Das war ihr wichtig. Die Wohnung hatte sie mit sehr viel Liebe zum Detail eingerichtet. Dort hatte sie auch zwei ihrer Bilder aufgehängt. Ihr Hase Emil gehörte zu ihrem Leben. Sie erzählte ihm alles, was sie bewegte und manchmal schaute er sie an, als ob er sie verstehen konnte. Dann gab es für ihn natürlich eine extra Portion grüne Gurke, die er so liebte. Hier konnte sie auch mit ihrer besten Freundin Nele bei einem Glas Wein klönen bis in den frühen Morgen. Das gemütliche Sofa im Wohnzimmer lud zum kuscheln ein. Ihre Küche hatte sie sehr Modern eingerichtet. Alles musste schnell gehen, Mara hatte nicht so viel Zeit zum Kochen. Nele war stets an ihrer Seite, wenn wieder eine Liebschaft in eine männliche Katastrophe endete.

Das änderte sich schlagartig, als sie Dan Harper näher kennenlernte. Er war Bühnenbildner wie sie und wurde gerne ins Schauspielhaus geholt. Dan war freischaffender Künstler, also nicht fest am Schauspielhaus angestellt wie Mara. Sie traf ihn eines Tages auf dem Gang, als er sich einen Feuerlöscher anschaute. Mara stutzte, Dan erklärte ihr: »Die habe ich während meiner Studienzeit gewartet und verkauft. Ich sehe schon, dieser Feuerlöscher wurde nicht richtig gewartet. Abgestaubt und Märkchen drauf. Leider tun das viele so. Ist leicht verdientes Geld. Ich werde der Theaterleitung einen Tipp geben, denn wenn es hier brennt, ist der Schaden immens groß. Das brennt hier wie Zunder und die Versicherung wird Ursache des Brandes finden und nicht zahlen. Das in einem Schauspielhaus kann für viele Besucher lebensgefährlich werden. Die Verantwortlichen vom Schauspielhaus können das nicht wissen, sie vertrauen den Firmen, denen sie den Auftrag geben.«

Wie Mara später von den anderen Kollegen erfuhr, muss Dan ein Meister seines Fachs sein. Er macht sich nie Skizzen vom Auftrag, aber alles passt präzise zusammen. So hat Dan ein breites Spektrum seiner Kunden. Er gestaltet Bühnenräume für Schauspiel-, Film-, Fernseh- und Videoproduktionen. Dan liebt das Schauspielhaus mit seinem ganz besonderen Flair.

Dan kann sich tagelang nur in den Werkstätten des Theaters aufhalten, ohne das ihn jemand zu Gesicht bekommt. Da kann auch mal so manche Nacht draufgehen. Und dann kommt das große Aha und die Begeisterung des Regisseurs. Ist der Auftrag erledigt, geht es weiter zum nächsten Kunden.

Dan fand gefallen an Mara. Ja sie gefiel ihm ausgesprochen gut und passte genau in sein Beuteschema. Schon lange hatte er sie beobachtet. Er konnte sie sich sehr gut vorstellen, wenn sie nicht in ihrer Arbeitskleidung war, stattdessen in einem schicken Kleid und High Heels steckte. Mit seinen 34 Jahren war er noch nicht verheiratet. Die richtige Frau lief ihm bisher nicht über den Weg. Vielleicht ist es Mara, dachte sich Dan ganz zaghaft. Auch er hatte seine nicht so schönen Erfahrungen mit Frauen machen müssen.

Die blonden Haare hatte Mara hochgesteckt. Ein paar Strähnen hingen verspielt um ihr Gesicht. Das gab ihr eine freche Note, fand Dan und grinste sie an. Er lud sie zu einem Kaffee ein, aber Mara lehnte ab, zu viel Angst hatte sie, wieder enttäuscht zu werden. Erst beim dritten Anlauf sagte sie zu. Eine Tasse Kaffee kann ja nicht verwerflich sein, dachte sie. Dan ließ nicht locker und wollte sie unbedingt näher kennenlernen. Seine Beharrlichkeit führte letztendlich zum Erfolg. Sie saßen in einem Café in Sachsenhausen, nicht weit von ihrer Wohnung entfernt. Sie unterhielten sich über Belangloses, aber vor allem über ihren Beruf. Dan war begeistert von Mara, wie sie erzählte und wie sie etwas nervös mit ihrer Haarsträhne spielte.

Sie trafen sich öfters und Mara warf ihre Bedenken über Bord und ließ sich auf Dan ein. Sie erzählte Nele, dass sie dabei ist, sich neu zu verlieben. Nein, sie war sich insgeheim sicher, sie liebte Dan. Kann man in so kurzer Zeit schon von Liebe reden? Sie mochte die Art, wie er erzählte, seine tiefe Stimme betörte sie. Seine bernsteinfarbenen Augen haben es ihr angetan. Sie stellte sich immer wieder vor, wie sich seine Hände auf ihrer Haut anfühlen würden. Nele freute sich mit ihr und bestärkte sie in ihrem Vorhaben.

»Mara, wenn du mit ihm glücklich werden kannst, dann lass dich auf ihn ein. Ich wünsche dir alles Glück der Welt, aber gnade ihm Gott, wenn er dich unglücklich macht, wie die Anderen. Dann lernt mich dein Dan kennen«, drohte Nele mit ernster Stimme und hatte ein Lächeln auf den Lippen.

»Weißt du Nele, wir können stundenlang Diskutieren, wir haben die gleiche Liebe zu unserem Beruf und Dan sagte mir, er wird künftig nur deutschlandweit seine Aufträge annehmen, um mehr Zeit mit mir zu verbringen. Wer macht das sonst schon? Und er ist sehr humorvoll, wir können viel Lachen. Das tut echt gut. Dan ist Amerikaner kommt irgendwo aus den Südstaaten und er möchte mir eines Tages sein Land zeigen, dass können wir dann mit einem Besuch bei meiner Cousine Amy in Georgia verbinden. Ich habe sie schon fast ein Jahr nicht mehr gesehen. So ganz unerfahren, was die USA betrifft, bin ich auch nicht.«

»Hey Mara, nicht dass du mich darüber vergisst, ich liebe unsere gemütlichen Stunden und den guten Wein,« warf Nele ein.

»Keine Angst meine Liebe, kein Mann der Welt kann uns trennen«, sagte Mara und sie meinte es auch so. Wer sie wollte, musste auch Nele mögen.«

Nach ein paar Wochen, erfuhr Mara, dass Dan in Tallahassee in Florida nahe der Grenze zu Georgia geboren wurde. Dort machte er seine ersten Berührungen mit der Holzkunst. Sein Vater war nicht begeistert. Er sollte doch auch Mediziner werden, wie sein Vater. Dan konnte dem Medizinstudium nichts abgewinnen. Es kam zu einem großen Streit in der Familie. Dan verzichtete auf die Geldgaben seines Vaters, bevor dieser sagen konnte, dass er alle Gelder für seinen Sprössling streichen wird, und schlug sich alleine durchs Leben.

Dan wollte sich nicht von seinem Vater erpressen oder gar abhängig machen lassen. Seine Mutter, eine Deutsche litt sehr unter diesem Streit, konnte sich aber nicht gegen ihren Mann behaupten. Das künstlerische Talent hat Dan von seiner Mutter geerbt. Sie ist eine angesehene Malerin. Ihre Bilder kann man in vielen Galerien bewundern. Ständig ist sie auf irgendeiner Vernissage. Das ist jetzt ihr Lebensinhalt. Die Kinder sind alle erwachsen. Ihre Kinder waren einige Male mit, aber Dan war der ganze Trubel zu viel, seine Mutter brauchte das. Sein Vater hatte wenig Zeit für seine Familie. Er war zu sehr in seinen Beruf involviert. Bei fast allen Familienfeiern kam ein Anruf und sein Vater musste in die Klinik. So suchte sich Dans Mutter ein eigenes Betätigungsfeld. Sie waren beide oft außer Haus, sahen sich nur sehr selten. Wer sich nicht oft sieht, hat keine Zeit zum Streiten, fand seine Mutter. Trotz allem liebte sie ihren Mann sehr.

Dan wuchs zweisprachig auf und aus diesem Grund zog es ihn für das Studium nach Deutschland. Somit hatte er beide Staatsbürgerschaften. Er ging zur gleichen Universität, wie Mara, eben nur 7 Jahre vorher.

Dan und Mara luden Nele eines Tages in ein italienisches Restaurant ein. Nele kannte Dan nur vom Sehen im Theater. Na holla, dachte sich Nele, den würde ich aber auch nicht von der Bettkante stoßen. So schnuggeliche Männer mochte sie. Aber Männer ihrer Freunde waren tabu. Das hätte Nele ihrer Mara niemals angetan. Nele wusste aus eigener Erfahrung, wie es ist, von der ehemals besten Freundin hintergangen zu werden. Alle drei lasen in ihrer knappen Freizeit gerne Krimis. Mara lebte mit den Krimis und ihren Opfern mit. Nele machte sich so manches Mal darüber lustig.

Mara konnte zu der Zeit nicht ahnen, dass ein Krimi auch bei ihr Wirklichkeit werden kann.

2

Dan erzählte Mara, dass sein Vater ihm erst viele Jahre später seinen ganzen Respekt zollte, weil er es alleine geschafft hat. Er war sehr stolz auf Dan, auch wenn er es lange nicht zugab. So etwas erfuhr Dan immer nur von seiner Mutter. Ihr Mann konnte nicht verstehen, dass eines seiner Kinder in das Künstlerische abdriftet, wie er es nannte.

Die Kunst mit Kettensäge und Holz machte Dan viel Freude. Er konnte mit der Kettensäge die schönsten Skulpturen aus einem Baumstamm sägen und machte sich damit in Florida einen guten Namen. Seine liebsten Motive waren Waschbären. Die benötigten Baumstämme bezog er aus Oregon oder Kalifornien. Er nahm jede Arbeit an und in seiner Freizeit erschuf er die ersten Kunstwerke.

Von seinem Mentor der Künste Mr. Young lernte er alle Tricks, um die Figuren sehr plastisch aussehen zu lassen. Das alleine brachte Dan viel Geld ein, aber das füllte ihn nicht aus. Er wollte Großes erschaffen. So beschloss er, nach Europa zu gehen. Zuerst machte er eine Rundreise und besuchte England, Frankreich,

Holland und Spanien. Letztendlich landete er in Deutschland. Dort wurde er sesshaft und begann sein Studium an der Universität der Künste in Berlin.

Mara und Dan konnten sich über die Universität austauschen. Ob die gleichen Professoren noch immer an der Uni unterrichteten. Es waren interessante Gespräche. Beide schimpften über die gleichen Professoren. Nach all den Jahren konnten sie auch herzlich darüber lachen. Mara lachte sowieso sehr gerne und das liebte Dan an ihr.

Sie mochte ihre Cousine Amira, die sich später Amy nannte, seitdem sie in den Staaten wohnte. Die Amerikaner hatten mit ihrem Namen immer Probleme. Sie wohnt in Albany in Dougherty County im Herzen von Georgia. Mara besucht Amy jedes Jahr, wenn es ihre Zeit erlaubt. Manche Projekte am Theater machten es ihr in letzter Zeit schwer mit der Urlaubsplanung. Amy ging als Einzige von vier Kindern in die USA. Damals noch mit ihrem Mann Steve, den sie in Jütland, Dänemark geheiratet hatte. Damit sie schon verheiratet waren, als sie in die Staaten zogen. Sie liebte diesen charismatischen Mann. Ihr Steve war bei der Armee und in Deutschland stationiert.

Dort lernte er Amy auch kennen. Amy war 22 Jahre alt, als sie Steve kennenlernte. Das Geschrei in ihrer Familie war sehr groß, als sie gestand, einen Amerikaner zu lieben. Man versuchte, es ihr auszureden. Liebe kennt andere Gesetze und Amy stand zu ihrer Liebe. Steve zeigte ihr sein Land, die Sprache lernte sie sehr schnell, ganz entgegen ihrer früheren Lehrer, die ihr bescheinigten, dass sie nie im Leben englisch lernen würde. Noch heute kann sie darüber schmunzeln.

Amy wiederum wurde von seiner Familie mit offenen Armen aufgenommen. Amy fühlte sich gleich wie zu Hause. Als sie in das neue Haus zogen, war Steve noch bei der Armee. Ihre Schwiegermutter kam für eine Woche zu ihr und half, wo sie konnte. So ging es Amy besser, denn sie war hochschwanger mit Sarah. Die beiden Frauen verstanden sich von Anfang an gut. Zwei Jahre nach Sarah bekam Amy noch ihren Sohn Cody. Das Glück schien perfekt.

Leider fiel Steve im Irakkrieg mit gerade mal 28 Jahren. Steve kam in einen Hinterhalt und hatte keine Chance. Amy war untröstlich, denn sie hatte ihre große Liebe verloren. Seine ganze Familie stand felsenfest hinter Amy und unterstützten sie und die Kinder, wo immer sie konnten. Sie baten Amy in den USA zu bleiben, so sehr hingen sie an den Kindern. Aber auch ihre Kinder mochten die Familie von Steve. Egal ob Oma, Opa, Onkel oder Tante.

Mara flog sofort zu Amy, als sie von Stevens Tod erfuhr, und stand Amy immer zur Seite. Die ganze Zeremonie der Beerdigung nahm Amy fast die ganze Kraft. Sie konnte ihre Tränen nicht mehr zurückhalten, als die Flagge vom Sarg genommen wurde und von vier Mann in Galauniform mit weißen Handschuhen, zusammengefaltet wurde. Der ranghöchste Offizier übergab sie Amy. Der Sarg wird in den USA nicht im Beisein der Angehörigen in die Erde gesenkt. Man wartet respektvoll, bis alle gegangen sind. Für Amy war es eine große Hilfe und für Mara eine besondere Erfahrung. Steve wurde auch nicht auf einem normalen Friedhof beigesetzt, sondern auf einem Militärfriedhof.

Mara mochte Steve, obwohl sie ihn nicht so oft sehen konnte. Oft war es so, wenn Mara bei Amy war, dann war Steve irgendwo in der Welt unterwegs. Amy möchte auch nicht mehr heiraten, das käme ihr wie ein Verrat an ihrem geliebten Mann Steve vor. Auch wenn es Steve anders gesehen hätte. Er hatte sich mit Amy unterhalten, wenn ihm einmal etwas passieren sollte. Er wollte, dass sie wieder heiratet und glücklich wird, aber das konnte Amy nicht. Seitdem freute sich Amy immer sehr, wenn Mara sie besuchen kam. Dann hatte sie für eine Zeit lang ihre Ablenkung. Ansonsten hatte Amy ihre Kinder und die Familie von Steve, das war ihr genug.

»Das sind aber nette Zufälle, sagte Dan zu Mara eines Tages, als er erkannte, dass sie auf der gleichen Universität waren und sich ausgerechnet hier im Schauspielhaus in Frankfurt am Main trafen.

»Nein, das waren keine Zufälle, das war Bestimmung, erklärte Mara und es blitzte aus ihren Augen. Alles im Leben ist Bestimmung, es gibt keine Zufälle. Daran glaube ich nicht.«

Dan musste schmunzeln, als er das hörte. Mara erzählte Dan oft von ihrer Cousine Amy, die eine echte Patriotin ist und heute noch schwärmt, dass es in Albany einen Ray Charles Brunnen gibt. Dass Ray Charles am 19. August 1960 den Song »Georgia On My Mind« auf den Staat Georgia sang. Die besondere Bedeutung erfuhr Mara erst viel später. Steve machte Amy vor dem Brunnen von Ray Charles den Heiratsantrag, als sie zu Besuch bei seinen Eltern waren. So richtig mit Kniefall, Blumen und Ring. Amy war so gerührt, dass sie sofort ja sagte. Das erzählt Amy heute noch jedem, der es hören will oder auch nicht. Das ist ein muss, jedes Mal wenn Mara Amy besuchen geht. Mara lässt es gerne über sich ergehen, weil sie weiß, dass es Amy glücklich macht.

Dan konnte diesen Patriotismus nichts mehr abgewinnen, seitdem er in Europa lebt, wo er das freie Denken für sich gefunden hat. Er hatte schon immer das Gefühl, in seinem Heimatland ist irgendetwas nicht in Ordnung. Nur konnte er nicht sagen, was es ist. Er findet vieles halbherzig, was dort abgeht. Darüber hat er sich auch oft mit seinen Eltern unterhalten. Für sie ist das alles in Ordnung, sie wählen immer die gleiche Partei und gehen auf jede politische Versammlung und natürlich in die Kirche. Oh wie hatte Dan das als jugendlicher gehasst. Auch der Reichtum seiner Eltern interessierte ihn nicht sonderlich. Seine Eltern sind trotz der vielen Trennungen sehr glücklich. So ein Leben konnte sich Dan für sich nicht vorstellen. Er möchte einmal miterleben, wie seine Kinder erwachsen werden. Wenn sie ihre ersten Schritte tun, das erste Wort sagen. Er wollte ganz einfach mehr Zeit mit ihnen verbringen, als sein Vater es mit seinen Kindern tat.

Seine Schwester Pam ist auch Ärztin geworden, ganz so, wie sein Vater das eigentlich von all seinen Kindern erwartet hatte. Sein jüngerer Bruder John ist Architekt und auch ein »Abtrünniger,« wie es sein Vater gerne nannte.

Mara erzählte, dass sie einen festen Glauben hat, aber nicht an die Kirche. Mit dem Bodenpersonal hat sie so ihre Probleme. Sie glaube an Gott, aber sie kann ihn in der Natur viel eher finden, als in den Prunkstätten, der Dome und Kirchen. Manchmal geht sie in den Wald und umarmt einen Baum, das sind dann richtige Glücksmomente für sie. Dan gab Mara recht, er hatte auch noch nie etwas mit der Kirche am Hut gehabt. Einzig die Gospelchöre hatten es ihm angetan. In diese Kirchen war es viel aufgelockerter als in den herkömmlichen Kirchen. Er kritisierte, dass die Kirchen zu viel diktieren. Dan hasst es, das es kein Merry Christmas mehr geben soll, nur noch Happy Season oder Happy Holiday. Für ihn wird es immer Christmas heißen.

Zu Mara sagte er: »Man müsste aus beiden Kulturen das Positive herausziehen können, das wäre optimal.«

Nur wusste er genau, dass das nicht ging, also blieb er der Kirche fern. Mittlerweile waren Dan und Mara unzertrennlich. Der Gesprächsstoff ging ihnen nie aus, weil sie auch den gleichen Beruf haben, den beide lieben.

Probleme konnten in Ruhe besprochen werden und sie mochten es, ihre Ideen auszutauschen.

Mara liebte seinen grenzenlosen Humor. Sie nahmen sich vor, immer über ihre Probleme zu reden. Sich tagelang anschweigen, das konnten und wollten Beide nicht.

Mara wusste ja, dass Dans Eltern nicht ganz arm waren, das waren ihre Eltern auch nicht. Sie hatten ein eigenes Häuschen in Kelkheim in der Nähe von Frankfurt am Main. Maras Eltern waren von Dan begeistert. Wie überrascht war er doch, wie herzlich er aufgenommen wurde. Sie vermissten Mara, seitdem sie in Frankfurt arbeitete. Noch Schlimmer war ihre Studienzeit in Berlin, erzählte ihre Mutter.

Ihre Eltern freuten sich immer sehr, wenn Mara zu Besuch kam. Dan mochte auch Maras kleinere Schwester Ilona. Sie war Lehrerin mit Leib und Seele. Und ihr Hauptfach war englisch. Sie war sehr sprachbegabt und Dan unterhielt sich gerne in Englisch mit ihr. Diesem Beruf konnte Mara gar nichts abgewinnen. Sie freute sich aber für ihre Schwester. Mara machte sich nur Sorgen um ihren Vater. Er war Herzkrank und musste immer wieder mal ins Krankenhaus. Nun sollte er bald einen Herzschrittmacher bekommen. Mara liebte ihre Familie, das konnte auch jeder spüren. Die Angst um ihren geliebten Papa nahm manchmal Überhand. Ihre Mutter musste sie dann immer beruhigen.

3

Dan und Mara waren knapp ein Jahr zusammen, als Dan Mara fragte, ob sie ihn nach Tallahassee begleiten würde. Sein laufendes Projekt ist bald zu Ende und er müsste sich mal bei seinen Eltern wieder sehen lassen. Nachdem sich Dan seinen Eltern wieder annäherte, war das Verhältnis zu ihnen wieder sehr gut. Das ging erst, als Dans Vater den Berufswunsch seines Sohnes ohne Wenn und Aber akzeptierte. So konnte Dan seinen Geburtstag am 13. Mai wieder einmal bei seiner Familie feiern. Seiner Mutter machte er damit eine große Freude.

Nach dem Urlaub stünde ein Großprojekt an, teilte ihm das Schauspielhaus mit. Zuvor wollte er sich mit Mara ein paar Tage erholen. Gerne willigte Mara ein ihn zu begleiten, obwohl sie ein flaues Gefühl in ihrer Magengegend hatte. Sie wusste nicht viel von seinen Eltern. Nur dass sein Vater Arzt, und seine Mutter Malerin sei. Und das Dan noch zwei Geschwister hatte.

Amy freute sich sehr Dan kennenzulernen und endlich wieder Mara, um sich zu haben.

Dieser Besuch war längst überfällig. Amy war auf Maras »Mr. Right« sehr gespannt. So wie Mara von ihm schwärmte, musste es ein toller Hecht sein, schmunzelte Amy. Anscheinend hatte es Mara wirklich mit Haut und Haaren erwischt.

Ihr Flug ging ende April. Für vier Wochen hatten sie Urlaub genommen. Mara hatte noch nie so lange Urlaub. Sie war sehr gespannt, wie die Zeit mit Dan sein wird. Sie lebten noch in getrennte Wohnungen. Na ja, oft war Dan bei Mara oder umgekehrt. Er hatte schon ein paar Kleidungsstücke bei ihr deponiert, wie sie bei ihm. Nur ihre Wohnung war gemütlicher, fröhlicher in den Farben. Dan fühlte sich bei Mara sehr wohl. Er freute sich, dass sie nicht nur auf Pink stand und sich bei ihr keine Hello Kittys befanden. Das wäre ihm ein Graus gewesen. Gott sei Dank bevorzugte Mara alle zarten Farben, wie er. Keine Wand war bei ihr nur reinweiß. Es fand sich Zartes gelb, grün, beige und blau in den Zimmern. Dan glaubte, hier war eine Innenarchitektin am Werk, aber nein, das hat alles Mara mit ihren Freunden gemacht.

Dan hatte bei Delta Airline Business Class gebucht. So hatten sie im Flugzeug sehr viel

Beinfreiheit. Beide genossen den Flug. Der Mietwagen wurde auch gleich von Deutschland aus gemietet. Ein Ford Mustang Cabrio sollte es sein. Dan liebt schnelle Autos. Sie geben ihm ein Gefühl der Freiheit. Nein, geizig war Dan nicht. Noch immer schwieg sich Dan aus, was Mara ihn für den Flug und das Auto zu bezahlen hatte. Mara war es gewohnt, immer ihren Anteil zu zahlen. Als sie nun zum wiederholten Mal fragte, sagte Dan zu ihr:

»Ich lade dich ein, du brauchst mir nichts zu bezahlen. Ich bin dir sehr dankbar, dass du mich begleitest. So kannst du gleich meine alten Herrschaften kennenlernen.«

Mara war das alles nicht so recht und sie hob ihre Augenbraue.

»Ich kann dir doch die Hälfte der Kosten geben,« versuchte sie es wieder.

Er nahm ihre Hand und küsste jeden einzelnen Finger und meinte, sie soll es gut sein lassen. Er könnte sich das leisten und er versprach ihr, dass sie nicht am Hungertuch nagen werden. Also gab Mara sich geschlagen und bedankte sich für die Business Class. Sie konnte ihre Füße ausstrecken, ohne den Vordermann zu berühren. Das fand sie so Klasse. Ja so macht fliegen Spaß.

Beide hatten sich entschlossen, bis Atlanta zu fliegen und die 3 Stunden zu Amy nach Albany mit dem Auto zu fahren. Dort wollten sie erst ein paar Tage bleiben, bis sie dann zu Dans Eltern weiter fuhren. Das waren noch einmal 2 Stunden Autofahrt. Für die USA keine Entfernungen. Mara freute sich erst einmal auf Amy. Sie fand, der Flug war durch die Business Class sehr angenehm, aber die 10 Stunden Flugzeit hätte man verkürzen können, wenn es ginge. Mara gefiel nur der Start und die Landung. Mit Dan an ihrer Seite kam keine Langeweile auf. Das Essen in der Business Class war um ein vielfaches besser als in der Economy Class. Dan bestellte auch eine Flasche Champagner auf ihren ersten gemeinsamen Urlaub. Sie war immer noch sehr verliebt in Dan. Alles mit ihm klappte so wunderbar, dass Mara Angst hatte, der schöne Traum würde irgendwann wie eine Seifenblase zerplatzen.

Endlich landeten sie in Atlanta. Der Flughafen ist Riesengroß. Sie waren froh, dass sie keinen Anschlussflug hatten, denn sie mussten lange bei der Immigration anstehen. Besser gesagt Mara musste lange anstehen, da Dan Amerikaner war, brauchte er sich nicht dort anzustellen, wo die Touristen stehen mussten. Viele andere Passagiere schimpften, dass ihr Anschlussflug nun weg sei. Schon als sie auf ihre Koffer warteten, dauerte es sehr lange. Mara erklärte, dass sie sonst nie so lange warten musste. Seit den Terroranschlägen weltweit wurden die Sicherheitsvorkehrungen erhöht. Neu war für Mara der Fingerscan. Aber ihr letzter Urlaub lag schon fast 2 Jahre zurück. Nach 2 ½ Stunden konnten sie endlich zur Autovermietung. Natürlich war ihr gebuchtes Auto schon vergeben. Dan war sehr sauer. Nach Langem hin und her bekam er einen Mercedes Benz S-Class Cabrio zum gleichen Preis. Seine American Express Centurion Karte machte es möglich. Als sie zum Auto kamen, konnte es Mara kaum glauben. Eigentlich mochte sie keinen Mercedes, für sie war es immer ein Protzauto und die Fahrer taten so, als ob sie die eingebaute Vorfahrt hätten. Aber als sie diesen Wagen sah, war sie total begeistert. Dan beobachtete sie und musste schmunzeln. Er wusste von ihrer Abneigung bestimmter Automarken. Er erklärte ihr:

»Man muss sich nicht alles gefallen lassen und schon bekommt man einen guten Deal.«

Mara konnte ihm nur zustimmen. Nun freute sie sich, dass sie mit diesem tollen Cabrio 3 Stunden fahren konnten. Er hatte ganz weiche Ledersitze. Das war Gemütlichkeit pur, fand Mara. Mittlerweile war es 22 Uhr und noch schön warm. Nicht zu vergleichen mit dem Wetter in Deutschland, als sie abflogen.

Ole wurde endlich aus dem Knast entlassen und wusste erst einmal nichts mit sich anzufangen. Im Knast hatte er ja genügend Zeit darüber nachzudenken, was jedes Mal bei ihm schief lief. Immer, wenn er dachte, einen schnellen Weg gefunden zu haben, um Geld zu machen, lief irgendetwas schief, woran er eben nicht gedacht hatte. Der Richter war nicht gerade auf seiner Seite fand er. Ihm wegen dem bisschen Körperverletzung gleich so viel aufzubrummen, war nicht fair. Er sollte den Ball ganz flach halten, mahnte ihn sein Anwalt, weil der Richter sonst im Strafmaß höher gehen würde. Also hielt er den Mund obwohl es ihm sehr schwer fiel.

So schnell wollte er nicht wieder in den Knast. Die blöde Bemerkung von Pepper am Tag seiner Entlassung »Na dann bis bald Ole« klang ihm noch in seinen Ohren. Es musste doch einen Weg geben, wirklich an das große Geld zu kommen, ohne erwischt zu werden. So viel, dass er sich weit weg absetzen konnte, wo ihn keiner kannte, um ein gutes Leben zu führen.

Ole brauchte jemanden der besser denken konnte, der das Unkalkulierte voraussah. »Ja, das war eventuell die beste Lösung. Sicher wird Pepper noch eine Weile ein Auge auf mich werfen, also such ich mir erst einmal einen Job.« Nicht für lange schwor er sich. »Nur bis ich jemanden gefunden habe und Pepper denkt ich bin sauber«, sagte er zu sich selber.

Wie er sich das schon dachte, gab es keinen Job für ihn, von der Jobvermittlung.

»Tut mir leid Mr. Titus, aber mit ihrer Vergangenheit scheuen sich die Arbeitgeber Leute einzustellen. Besonders dann, wenn Körperverletzung im Raum steht und das war bei Ihrer letzten Verurteilung der Hauptgrund.«

»Es nützt wohl auch nichts, wenn ich Ihnen die Gründe erkläre, oder?«

Die Dame von der Jobvermittlung schüttelte ihren Kopf. »Tut mir leid, aber da ist nichts zu machen.«

Ole ging raus und lungerte noch auf dem Gang herum, so dass er das Gespräch mit Paul und seiner Jobvermittlerin so halb mitbekam. Auch er bekam keine Stelle zugewiesen. Nur den Grund hatte er nicht hören können. Er bekam nur noch mit, dass der Mann Paul Hudson hieß.

Gerade als Paul das Arbeitsamt verließ, holte ihn ein Mann auf der Treppe zur Straße ein und tippte ihm von hinten auf die Schulter.

»Eh Kumpel, sorry aber ich habe gerade dein Gespräch da drinnen mitbekommen. Bei mir ist es gerade umgekehrt. Ich bin der Macher aber leider nicht der Denker. Ich glaube wir sollten uns mal unterhalten. Komm lass uns was trinken gehen. Übrigens ich bin Ole.«

Die drei Autostunden vergingen wie im Flug. Mara und Dan genossen die Fahrt. Dann endlich standen sie vor dem Haus von Amy. Sie kam sofort zum Auto gerannt und drückte ihre Cousine Mara und auch Dan.

»Mensch Kleene, du wirst ja immer hübscher«, meinte Amy zu Mara.

»Dan wie schön dich endlich kennenzulernen. Ich habe schon viel von dir gehört.«

»Ich hoffe doch nur Gutes«, schmunzelte er. Mara stieß ihn in die Rippen und lachte.

Sie gingen ins Haus und Dan sah, das es sehr patriotisch eingerichtet war. Genau, wie Mara ihm erzählte. Im Wohnzimmer hing ein großes Foto von Steve mit Trauerflor an der unteren linken Bildecke. Daneben das Burial Flag Display Case, wo die Flagge vom Sarg und seine Auszeichnungen drin aufbewahrt wurden. Was ein Hohn dachte Dan, viele Auszeichnungen aber tot. Der Preis war für Dan viel zu hoch, aber das behielt er lieber für sich.

Das Jahr 2007 wird Amy nie vergessen können. Steve war einer von den insgesamt 4.486 Toten in diesem sinnlosen Krieg, wie Mara fand.

Amy zeigte ihnen das Gästezimmer und Dan stellte ihre Koffer neben das große Bett. Er zog Mara aufs Bett, aber sie wehrte sich mit einem langen Kuss. »Dan, das können wir Amy jetzt nicht antun«, sagte sie lachend. Ungern ließ Dan sie wieder los. Es wurde eine lange Nacht, obwohl Mara und Dan von der langen Reise müde waren. Die Drei verstanden sich sehr gut. Am übernächsten Morgen traute sich Amy, Dan zu fragen:

»Dan, Mara erzählte mir, dass du so wunderschöne Tiere in einen Baumstamm mit der Kettensäge sägen kannst. Wenn ich dich ganz lieb drum bitte, würdest du mir so eine Figur für meinen Garten machen? Ich bezahle dir das auch. Du würdest mich sehr glücklich machen.« Eine Kettensäge habe ich noch von Steve. Auch einen geeigneten Baumstamm haben wir. Ich muss nur meine Nachbarn um Hilfe bitten, damit der Baumstamm in den Garten gestellt werden kann.«

»Ich bin bekannt dafür, Frauen glücklich zu machen und er zwinkerte Mara zu. Das mache ich gerne, aber nur wenn du nie wieder etwas vom Bezahlen sagst.« erwiderte Dan und seine Augen strahlten. »Das habe ich schon lange nicht mehr gemacht.« Sie gingen nach dem

Frühstück in die Garage und Dan staunte nicht schlecht, über die gute Säge und vor allem über den Baumstamm.

»Ja sage mal Amy, wie kommst du denn hier an eine Zucker Kiefer heran? Die wachsen doch nur in der Kalifornier Gegend. Das macht mich jetzt sprachlos.«

»Das hast du gut erkannt«, sagte Amy. Steve wollte das immer mal machen, darum hat er auch die richtige Säge in der Garage. Kameraden mussten schweres Geschütz aus Oregon nach Fort Benning in der Nähe von Columbus GA transportieren. Das war eine gute Gelegenheit so einen Baumstamm mitzunehmen. Steve war von dieser Kunst fasziniert. Aber leider kam es nicht mehr dazu. Du kannst dir gar nicht vorstellen, wie ich mich gefreut habe, als Mara mir erzählte, dass du so etwas kannst.«

Dan schaute sich in der großen Garage um, und blieb abrupt stehen. Er sah das Air Brush Set. »Sag Amy, hast du auch Farben dafür?«, und hielt das Air Brush Set hoch.

»Die wollten wir erst kaufen, wenn Steve sie brauchte. Wenn du sowieso zum Baumarkt musst, bring sie dir doch mit. Ich bezahle sie

dir. Steve hatte seine Sachen immer sehr gepflegt.«

Dan winkte ab und versuchte böse zu gu-
cken. »Wie war das mit dem Bezahlen?« Sie
wussten, das Dan es nicht böse meinte und sie
lachten. Anschließend fuhr er in den Baumarkt, um die fehlenden Sachen zu kaufen. Er
war mit Feuereifer bei der Sache.

In der Zwischenzeit rief Amy ihre Nachbarn an, und bat sie um Hilfe beim Umsetzen
des großen Baumstammes. Drei Nachbarn
kamen sofort rüber und sie wuchteten den
Baumstamm, der auf einem Autoanhänger lag
mit Seilen an seinen Platz, wo Amy ihn haben
wollte. Sie achtete darauf, dass Dan genug
Platz hatte, um ganz um den Baumstamm gehen zu können. Ruhezeiten mittags gibt es in
den USA nicht, wie in Deutschland. Da
brauchten sie keine Rücksicht auf die Nachbarn zu nehmen. In der Zwischenzeit waren
Mara und Amy wieder ins Haus gegangen.
Mara ging Barfuß, denn sie lief so gerne auf
dem Teppich im Wohnzimmer.

»Amy, ich liebe deinen Teppich, warum ist
er so weich? Das habe ich schon immer bei dir
bewundert.« Amy erklärte ihr, dass sie hier so
eine Art Schaumstoff unter den Teppichen

legen. Amy lachte, »amerikanische Gemütlichkeit, schont auch die Gelenke.« Mara
musste lachen.

»Mara wollen wir schnell zum Farmers
Market fahren? Dann können wir auch gleich
die Zutaten für ein schönes BBQ kaufen. Ich
wette, Dan wird auch Hunger haben, wenn er
mit dem Sägen fertig ist.«

»Au ja sagte Mara, sie liebte den Farmers
Market. Also fuhren sie schnell hin. Für Mara
war das immer ein Highlight. Es ist ein über-
dimensionaler Supermarkt, wo es einfach alles
gibt. Auch sehr viele Sachen aus Kanada. Somit gab es dort auch richtiges Brot mit Kruste
wie in Deutschland, und nicht das läppische
Brot aus den USA. Mara verglich es immer mit
einer Ziehharmonika. Die Brote konnte man
auch so zusammendrücken, weil sie so weich
sind. Sie richteten sich auch wieder auf. Einmal freute sich Mara, als sie glaubte, ein Pum-
pernickelbrot zu sehen. Es sah auch so dunkel
aus. Als Mara es anfasste, war es genauso
weich, wie alle Brote. Amy erklärte ihr, das hat
nichts mit Vollkorn zu tun. Das eine Brot war
mit Schokolade und das andere war ein Malz-
brot.

»Iiiih sagte Mara, Brot mit Schokolade? Ich esse ja gerne Schokolade, aber wenn ich ein Brot kaufe, möchte ich auch, dass es nach Brot schmeckt.« Genauso dachte sie über Kaffee, den gab es in den USA in allen Geschmacksrichtungen. Mara staunte, als sie las, dass es auch Kaffee mit Erdbeergeschmack gab. Amy hatte ihre Last Mara aus der Gewürzecke zu bekommen. Sie waren größer verpackt, als sie es kannte und es duftete so gut. So einen großen Supermarkt hat Mara noch nie gesehen nur bei Amy. Es gab wirklich alles und das zu einem guten Preis. Mara kam ins Schwärmen:

»Schade, dass es in Deutschland nicht so einen tollen Laden gibt.« Sie konnte sich gar nicht sattsehen. Obwohl sie den Markt kannte. Immer wenn sie bei Amy war, musste sie dorthin. Und jedes Mal schwärmte sie von Neuem.

Als Dan zurückkam, staunte er nicht schlecht, dass der Baumstamm schon an seinem Platz stand. Sie hatten es genau richtig gemacht, dass sie den Baumstamm auf eine große Steinplatte stellten, damit die Luft beim trocknen gut zirkulieren konnte. Nur befand sich im Haus keine Seele. Es war nichts Neues, dass die Leute ihre Haustür nicht verschließen, wie er es von Deutschland kannte. So kam Dan ins Haus und las den Zettel, dass sie einkaufen waren. Er musste schmunzeln, also wenn dort einkaufen stand, konnte es sich nur um Lebensmittel handeln. Ansonsten schrieb Mara Shoppen. Damit war das Schuhekaufen von Frauen gemeint und das konnte Stunden dauern. Lachend erklärte Mara ihm einmal, dass es da gravierende Unterschiede gab. Nach einer Stunde waren sie vom Einkaufen zurück und Mara schwärmte vom Farmers Marktet. Er lachte und küsste sie, ja das war seine Mara. Auch das liebte er an ihr.

4

Dan fing schon mal mit dem Baumstamm an. Eine Zeit lang schauten Mara und Amy zu, wie selbstsicher Dan die Säge ansetzte. Nicht ohne den Ohrenschutz zu benutzen, denn so eine Figur in einem Baumstamm ist nicht in einer Minute gesägt. Nach und nach kamen einige Nachbarn und schauten Dan bei der Arbeit zu. Mara war, wie auch die Nachbarn ganz begeistert. Bisher wusste sie es nur von Dan selbst, dass er das konnte und schon vielfach gemacht hatte. Sie hatte auch Bilder von seinen Werken gesehen. Das Ganze einmal Live zu sehen, beeindruckte sie sehr. Nach einer Weile zog Amy Mara wieder ins Haus. »Komm rein, wir können es vom Fenster aus beobachten, im Haus ist es leiser. Die Kettensäge macht doch sehr viel Krach und wir haben keine Ohrenschützer.

Die beiden Frauen schauten immer wieder Dan zu und sahen, dass er in seinem Element war. Er machte den Eindruck, als ob er die ganze Welt um sich herum vergaß und in seine Arbeit eintauchte. Es kamen wieder seine geliebten Waschbären im unteren Stamm zum Vorschein, als wenn sie in einer Höhle wären und oben schnitzte Dan eine wunderschöne große Eule. Man hatte den Eindruck als wollte sie gleich losfliegen. Die Figuren sahen sehr plastisch aus. Dan trat ein Stück zurück, als er fertig war. Mit einer der Flex arbeitete er noch einige Stellen nach und staubte alles gut mit dem Kompressor ab. Nun kam der Air Brush dran. Zielsicher sprühte er die dunklen Konturen nach und die Gesichter. Nach Stunden war das Werk vollbracht. Die Nachbarn ablaudierten für diese hervorragende Arbeit. Dan bedankte sich. Er machte seine Späße mit den Nachbarn. Das kam gut an. Zum Schluss wurde die Figur eingeölt. Amy war begeistert. »Dan, den muss ich ja anketten, wenn ich ihn vorne in den Garten lassen will.« Dan meinte:

»Amy, diese Figur klaut dir so leicht niemand, die ist viel zu schwer. Die müssten schon mit einem Kranwagen kommen, lachte er.«

»Stimmt Dan, meine Nachbarn mussten ihn zu dritt mit Seilen vom Anhänger herunter wuchten.« Es wurde noch ein Carport um die Figur gestellt, damit sie vor dem Regen geschützt war. So konnte die Figur langsam trocknen, das wiederum verhindert Risse im Holz.

»Amy, zwei Mal im Jahr musst du die Figur ölen. Damit sie ihre Brillanz behält. Das machst du hiermit, ich habe dir das Gemisch aus Leinöl und Terpentinersatz gemischt. Es sollte immer 1:1 sein. Jetzt wünsche ich dir viel Freude mit der Figur und ich brauche ein Bier«, lachte er.«

Amy fiel Dan um den Hals und bedankte sich. »Sorry liebe Mara, aber das musste eben sein. Ich bin so glücklich über diese wunderschöne Figur«, rief sie durch das Küchenfenster. Mara befand sich in der Küche. Amy ging zur Seite, schaute in den Himmel und sagte ganz leise: »Schau Steve, ist die Figur nicht wunderschön? Ich wünschte, es wäre deine«, und eine Träne lief ihr übers Gesicht.

Dan ging Duschen und sich umziehen. Zum Grillen gingen sie auf die Terrasse. Amy war ganz aus dem Häuschen, so gut gefiel ihr die Figur.

»Dan, ich bin mir sicher, du hättest mit Steve bestimmt eine schöne Zeit hier. Ihr habt die gleichen Interessen. Steve hätte von dir viel lernen können.«

»Ja bis auf die Armee, die mochte ich nicht so«, meinte Dan und schmunzelte.

»So etwas Schönes habe ich noch nie in Natur gesehen. Die Waschbären und die Eule sehen so echt aus. Mara kniff ein Auge zu und blinzelte Dan an.

»Also wenn wir die erste Million zusammenhaben, möchte ich auch für unseren Garten später so eine schöne Figur.«

»Bekommst du mein Schatz«, und Dan gab ihr einen Kuss auf den Mund. Mara wusste nicht, wie nahe sie dem schon war. Die nächsten Tage waren ausgefüllt mit Shopping und Sehenswürdigkeiten anschauen. Amy erzählte Storys von ihrem Steve, den sie immer noch so sehr vermisst. Nein von ihrer Familie aus Deutschland hört sie nicht mehr so viel. Man nahm es ihr immer noch übel, dass sie einen Amerikaner geheiratet hatte.

»Ich habe keine Sekunde bereut, Steve war einfach mein Seelenpartner. Nur das wir durch die Armee solange getrennt waren, tat mir immer sehr weh. Wisst ihr, man wusste nie, ob er auch wieder heimkam. So viele Kameraden sind vor ihm schon gefallen. Ich erinnere mich noch sehr gut daran, als er das erste Mal im Irak war und nach 12 Monaten nach Hause kam, war er verändert. Er sagte mir, dass er doch nicht so lange in der Armee bleiben wird, wie er es vorhatte. Er war sehr in sich gekehrt und hatte nachts Albträume. Steve sprach nie darüber, was er alles in der Armee erlebt hatte. Ich glaube, er wollte uns schonen. Zuhause wollte er nur mit seiner Familie sein und einfach nur eine gute Zeit haben. Ich traute mich auch nicht, nachzufragen. Das erste Mal hatte ich große Angst, aber Steve erklärte mir, dass das normal wäre und das jeder das hat, der in Krisengebieten eingesetzt wird. Mara glaube mir, das war unsere schlimmste Zeit«, wieder konnte Amy ihre Tränen nicht zurückhalten.

»Und beim 2. Mal war Steve gerade mal 14 Tage im Irak, als er getötet wurde. Er war gerade mal 26 Jahre. Für mich brach eine Welt zusammen. Ich wusste nicht, wie ich es den Kindern erklären sollte. Sie waren damals erst 4 und 3 Jahre alt. Es war eine sehr schwere Zeit für mich. Wenn sie zu dir kommen und dir die Nachricht überbringen, kommt immer ein Militärseelsorger persönlich und klingelt an deiner Tür. Ich weiß nicht, was ich getan hätte, wenn sie mir nur einen Brief geschrieben hätten und seine Dog Tag beigelegt hätten.« Mara zog die Augenbrauen hoch und fragte, was ein Dog Tag sei? Dan erklärte es ihr:

»Das ist die Marke, die jeder Soldat um den Hals trägt. Darauf steht der Name, Sozialversicherungsnummer, Blutgruppe und Religion.«

»Warum die Religion«, fragte Mara?

»Ganz einfach sagte Amy verbittert, damit nicht der falsche Seelsorger zu dir kommt, wenn sie dir die Todesnachricht überbringen.« Niemand wollte dieses Thema vertiefen.

„Ich möchte auch nie mehr nach Deutschland zurück. Hier ist meine Lebensmitte, hier habe ich meine Kinder und meine Freunde, nur hier fühle ich mich Steve so nah. Manchmal kann ich ihn fühlen.« Amy stiegen erneut Tränen in den Augen und Mara umarmte ihre Cousine. So sehr wünschte sie ihr ein neues Glück, sie erkannte aber, dass Amy noch lange nicht dazu bereit ist.

»Meine Kinder, Sarah und Cody sind im Moment bei Steves Eltern, sie sind sehr gute Großeltern. Ich bin froh, nicht auch sie verloren zu haben.« Mara kannte die Geschichte schon, sie merkte aber, wenn Amy sie erzählte, dass es ihr danach besser ging. Dan hörte nur stumm zu. Er war in der Armee und wusste, was da alles abging. Mara sah ihm an, wie sein

Kiefer malte, das tat er immer, wenn er sehr angespannt war.

Nach einer knapp einer Woche hieß es Abschied nehmen. Sie wollten zu Dans Eltern weiter fahren. Nach dem Frühstück am 09. Mai packten sie ihre Sachen und verabschiedeten sich von Amy. Auch das war für die beiden Frauen sehr tränenreich.

»Mara, sagte Amy, lass nicht wieder so lange auf dich warten. Das waren ja schon über 2 Jahre.«

»Ich weiß, dadurch, dass ich Dan kennenlernte und dieses Großprojekt am Theater, das ließ uns keinen Freiraum. Ich musste auch erst abwarten, ob ich mich auf Dan einlassen konnte. Du weißt, ich habe in der Liebe nicht gerade das große Los gezogen. Mit Dan sieht es jetzt anders aus«, sie zwinkerte Dan zu. Amy drückte auch Dan an sich und bedankte sich noch mal für die großartige Figur. Dann fuhren sie endlich los.

Es war wieder ein herrlicher Sommertag. Die Sonne strahlte und Dan ließ das Verdeck zurückfahren. Der Wetterbericht sagte 28°C voraus. In Albany war die Luftfeuchtigkeit nicht so hoch.

Beide genossen die Fahrt nach Florida. Da sie erst spät am Vormittag abfuhren, hatten sie auch nicht so viel Verkehr. Der Berufsverkehr war schon vorüber. Die Landschaft war einfach nur schön. Mara war beeindruckt, als sie von den Laubbäumen in Albany zu den Palmen in Florida kamen. Das war für sie so ein krasser Unterschied. Palmen haben für sie immer etwas mit Urlaub, Meer und Sonne zu tun und den genoss sie.

Bis sie einen sehr schmutzigen Lieferwagen sahen. Er passte nicht in die Landschaft und nicht in diese Gegend, wo nur Millionenvillen standen, dachte sich Dan, als er schon auf der Dogwood Hill war. »Nun ist es nicht mehr weit, sagte er.«

Ole ging mit Paul in seine Stammbar. Das Publikum war ihnen ähnlich. Die Bar hatte schon bessere Zeiten gesehen. Mit lautem Hallo wurde er empfangen, als er rein kam. »Mensch Ole, schön dich wieder zu sehen«, rief einer vom Tresen aus. Ole verzog seine Mundwinkel zu einem kurzen Lächeln und wandte sich dann Paul zu, nachdem sie sich an einen Tisch in der Eckes gesetzt hatten.

»Sag mal Kumpel, wenn ich das richtig verstanden habe, kannst du nicht richtig arbeiten aber kleine Tricksereien hast du gut drauf.«

Paul nickte nur stumm zu Ole, da im gleichen Augenblick der Wirt einen Pitscher Bier und zwei Gläser an den Tisch brachte. Mit einem undeutlichen Brummen stellte er alles auf den Tisch und verschwand wieder hinter seinem Tresen.

»Na ja, ich brauchte halt etwas Geld und das hab ich mir dann einfach besorgt. Ein paar Mal hatte ich Glück und einmal eben nicht. Es waren halt nicht so hohe Summen, das ich mit einem blauen Auge davon kam.« Wenn du das alles mitbekommen hast, weist du ja auch, dass ich deshalb keine Arbeit bekomme.

»Sag ich ja«, meinte Ole. »Wir beide ergänzen uns doch perfekt. Ich kann anpacken dafür musst du denken. Zusammen wird uns doch etwas gelingen, was uns für eine lange Zeit gut leben lässt.«

Captain Pepper saß in seinem Büro. Sein Dezernat hatte eine hohe Aufklärungsrate, das wusste er. Er dachte nach. Noch 2 Jahre dann musste er in Pension gehen. Er war mit Leib und Seele Kommissar. Er dachte mit schaudern an seine Pension. So viele Kollegen freuten sich, er nicht. Er fühlte sich zu jung, um Tauben im Park zu füttern. Aber es ging kein Weg dran vorbei, in 2 Jahren war Schluss. Er nahm sich vor, keine Altlasten zurückzulassen. So einige Knackis gingen ihm durch den Kopf, die er zur Strecke gebracht hatte. Ole war einer davon. Er ging ihm aber immer wieder ins Netz. Sehr helle war er nicht. Aber seine Brutalität wurde auch von Mal zu Mal schlimmer. Seine Verurteilungen auch immer länger. Ich hoffe nicht, dass er wirklich bis zum äußersten geht. Man muss ihn im Auge behalten.

5

Dan bog in das Anwesen seiner Eltern ab und fuhr gerade durch das Gate. Mara bekam einen Schock und sagte:

»Halt bitte an Dan.«

Dan sah, dass alle Farbe aus Maras Gesicht gewichen ist, und hob die Augenbraue an. »Was ist los Liebling?«

»Dan du hast mir erzählt, dass deine Eltern nicht ganz arm sind. Aber das hier ist eine Nummer zu groß. Gehört das alles wirklich euch? Ich zähle 7 Häuser ineinander verschachtelt.«

Was Mara sah, war ein ganzer Häuserkomplex. Nicht nur ein Haus. Dort wo Dan anhielt, war rechts ein sehr großer imposanter Brunnen. Das Wasser lief gemächlich über die Ebenen. Der Rasen war sehr gepflegt soweit das Auge reicht. Die Buchsbäume rund gestutzt. So etwas hatte Mara nur im englischen Garten in München einmal gesehen. Sie konnte sich beim besten Willen nicht vorstellen, dass dieser Häuserkomplex nur von einer Familie bewohnt wurde. Für fünf Personen hätte auch ein großes Haus gereicht, fand Mara.

»Dann müsst ihr doch auch Personal haben, das kann man doch nicht alles alleine bewerkstelligen, stotterte sie.«

Dan zog Mara zu sich und küsste sie. »Das ist nicht so wild, wie es aussieht. Du wirst sehen. Es sind keine 7 Häuser, nur 6. Das runde Gebäude, was du geradeaus siehst, gehört zu dem Haus dahinter. Das ist nur ein Anbau und darin hat Mutter ihr Atelier. Dort malt sie und dort ist sie am meisten anzutreffen, wenn sie nicht unterwegs ist.

Ja wir haben Personal, zwei Gärtner, zwei Hausangestellte und drei Putzfrauen. Meine Mutter hat keine Zeit dafür, sich um die ganze Hausarbeit zu kümmern. Sie ist sehr oft auf einer Vernissage und stellt ihre Bilder aus. Ich sagte dir, dass mein Vater Arzt ist. Er hat eine Privatklinik für Schönheitschirurgie.« Mara schaute ihn mit großen Augen an.

»Mach den Mund wieder zu, Liebling. Glaube mir, deine Kindheit war um ein Vielfaches schöner als meine. Vater war fast nie Zuhause. Sogar Weihnachten ging sein Handy und er musste in die Klink. Wir Kinder und meine Mutter waren sehr oft alleine. Es macht keinen Spaß nur mit dem Kindermädchen aufzuwachsen. Lucy war zwar in Ordnung, aber eben nicht die Eltern. Mein Vater hatte nie Zeit mit mir Fischen zu gehen, oder zum Bowling. Alles was meine Freunde mit ihren Vätern unternahmen, war bei uns nicht drin.

Es stimmt, ich hatte alles Materielle, es kam vor, dass ich als – Entschädigung – einen Laptop bekam. Wie oft wollte ich ihm den vor die Füße knallen. Was ich mir gewünscht hätte, wäre ganz einfach Zeit mit ihm. Das war unter anderem einer meiner Gründe, warum ich kein Arzt werden wollte. Ich kenne den Verzicht. Du wirst aber sehen Schatz, meine Herrschaften sind ansonsten ganz in Ordnung und sie brennen darauf, dich kennenzulernen. Können wir weiterfahren?« Mara hörte die Verbitterung in seinen Worten.

Sie nickte nur und Dan küsste sie. Sobald Dan vor dem Eingang anhielt, kam ein Mann auf sie zu und öffnete ihm die Tür. Er hatte eine Art Uniform an. Dan stieg aus und lief um das Auto herum und öffnete Mara die Tür und bot ihr seine Hand an, die sie gerne nahm. Sie stieg mit wackeligen Knien aus.

Dan begrüßte Tom, den Angestellten vom Fuhrpark und gab ihm den Autoschlüssel.

»Herzliche Willkommen Dan, ich hoffe du hattest eine gute Fahrt. Herzlich willkommen Mrs. Kamp.« Mara grüßte zurück. Er wusste sogar ihren Namen, staunte Mara.

»Ach parken brauchst du auch nicht alleine, flüsterte Mara.« Dan schmunzelte und zog sie an sich.

Und schon ging die Haustür auf und Dans Mutter kam heraus, gefolgt von ihrem Mann. »Dan mein Junge, schön, dass ihr endlich da seid. Wir haben uns lange nicht gesehen. Gut schaust du aus.«

Auch sein Vater umarmte ihn. Dann stellte Dan ihnen Mara vor und auch sie wurde herzlich begrüßt.

»Mom, hier hast du eine Künstlerin vor dir, Mara malt auch wunderschöne Bilder. Auch wenn sie es nicht wahr haben will.«

»Dan, so gut sind sie auch wieder nicht.« Ihr war das peinlich.

»Oh wirklich?«, fragte Dans Mutter. »Ich liebe die Malerei, man kann seine Gefühle viel besser ausdrücken.«

»Ich habe die Malerei nicht studiert, ich konnte mich nur auf ein Studium konzentrieren. Darum sage ich auch immer, meine Bilder sind nur für den Hausgebrauch.«

»Was für eine Art Bilder malen Sie, wollte Dans Mutter wissen?«

»Wenn ich mal Zeit habe, dann male ich Landschaftsbilder aus meiner Fantasy. Ich habe den gleichen Beruf wie Dan und da bleibt mir leider zu wenig Zeit. Man braucht Zeit zum Malen. Das kann man nicht zwischen Tür und Angel machen.«

»Oh ja, da stimme ich Ihnen zu. Ich verbringe sehr viele Stunden in meinem Atelier. Nun kann ich es mir leisten, wo die Kinder aus dem Haus sind.«

Mara dachte sich, da gab es doch bestimmt Kindermädchen, wie sie von Dan wusste.

»Ja aber an dir ist auch eine tolle Malerin verloren gegangen Schatz«, meinte Dan.

»Lass dir doch das Atelier von meiner Mom zeigen. Mara war froh, als das Thema vorbei war.«

Mara fühlte sich, wie in einer anderen Welt. Sie hatte keine Zeit, den ersten Schock zu verarbeiten. War das wirklich ein Tennisplatz hinten im Garten? Hatte sie das richtig gesehen? Und was war das dahinter?

Sie schaute Dan an und er zwinkerte ihr nur zu.

»Ich zeige es dir nachher«, meinte Dan, als er ihren Blick sah. Er umarmte sie und zog sie ins Haus. Sie kam in eine riesige Halle. Innen war es noch pompöser. Sie fragte sich, wie leben wohl arme Leute? Die Decken waren sehr hoch. Das mochte Mara. Rechts und links an den Wänden, befanden sich Bilder von seiner Mutter. Die kannte sie von Fotos her. Das war genau der Stil seiner Mutter.

Schwere Möbel aus einer lang vergangenen Zeit standen in der Halle rechts und links. Sie gefielen Mara nicht so recht, aber sie passten in dieses Haus. Ein Haus in dieser Größenordnung kannte sie nur von einem Schloss, wo sie einmal eine Führung mitgemacht hatte. Mara kam aus dem Staunen nicht heraus.

Das Handy klingelte und Dans Vater ging ran. Er sprach kurz und sagte dann, dass es ihm leidtäte, aber er muss noch einmal kurz in die Klinik und schon war er an der Tür. Dort drehte er sich noch einmal kurz zu Mara um und sagte: »Wir sehen uns später«, und weg war er.

Dan meinte zu ihr: »Das ist das, was ich dir sagte, ich kenne ihn nur so. Darum zieht mich auch nichts nach Hause. Meine Eltern sind beide zu beschäftigt. Nachher kommen noch John und Pam, meine Geschwister. Dan hörte ein Geräusch und musste auf einmal lachen:

»Wenn man vom Teufel spricht.« Die Tür ging auf und Pam und John kamen herein.

»Da ist ja unser Weltenbummler, dass du uns auch mal wieder beehrst?« Dan ging zu ihnen und umarmte zuerst seine Schwester, dann seinen Bruder.

»Pam du wirst immer hübscher, was machen deine Patienten?«

»Großer Bruder, ich habe Urlaub und ich genieße ihn. Sonst wäre ich nicht hier.«

John ging zu Mara:

»Du musst die Frau sein, die unseren Bruder gezähmt hat. Das hat noch keine vor dir geschafft. Herzlich willkommen in unserer bescheidenen Hütte.«

Mara lächelte und erwiderte:

»Bescheiden sieht aber anders aus.« Dann hörten sie Dans Mutter sagen:

»Kommt alle ins Esszimmer der Aperitif, steht bereit.«

»Mom, ich zeige Mara nur noch mein Zimmer erwiderte Dan.«

Sie liefen eine halbe Wendeltreppe hoch. Es kam ein langer Gang mit vielen Türen. Einige davon zeigte Dan ihr. Ein Zimmer war schöner und pompöser als das Andere. Stimmt, klein gibt es in diesem Haus nicht. In einem Schlafzimmer staunte sie. »Hey hier braucht man eine Leiter, um aufs Bett zu kommen.« Sie ging zu dem Bett und stand daneben und lachte. Dan kam zu ihr und hob sie aufs Bett.

»Wow, sind bei euch alle Betten so hoch? Deins auch? Wenn ich mal nachts muss, wie komme ich dann wieder ins Bett?«, grübelte sie mehr zu sich selbst. Dann sah sie ein Tritt, den man benutzen musste, um ins Bett zu kommen. »Warum macht man denn so etwas?« Mara konnte es nicht verstehen.

Dan lachte und meinte: »Nein mein Bett ist nicht ganz so hoch. Ich zeige es dir.«

»Magst du die ganzen verstaubten Möbel«, fragte sie ihn. Mara nannte die Möbel so, weil sie ihnen so gar nichts abgewinnen konnte.

»Nein, wenn schon »verstaubt«, dann eine gesunde Mischung aus neu und alt.« Dan musste über ihre Wortwahl schmunzeln.

»Mir gefallen deine Möbel besser, sie sind nicht zu wuchtig.« Mara war froh, als er das sagte. Sie mochte diese Möbel auch nicht. Mara liebte ihre modernen Möbel.

In einigen Räumen standen Möbel aus der viktorianischen Zeit. Alles war farblich aufeinander abgestimmt. Mara schaute auf den Boden.

»Ist das nicht Palisanderholz?«, fragte sie Dan.

»Es ist sehr dunkel, das etwas hellere Palisanderholz würde mir besser gefallen. Aber ihr habt sowieso fast überall Teppiche, da macht es wohl nichts aus.« Im Stillen dachte Mara sich, das sind bestimmt auch sehr teure Teppiche.

»Ja Mara du hast recht fast im ganzen Haus ist der Boden aus Palisander. Du hast in der Uni gut aufgepasst«, lobte er sie.

Vom Wohnzimmer war sie erstaunt, dass es so groß ist. Das ist schon fast eine Halle, als ein Wohnzimmer. Auch hier die gleichen Möbel. Obwohl ihr die Einrichtung etwas besser gefiel, weil die Abstimmung passte. Der offene Kamin hat was, fand Mara. Darüber war ein sehr schönes Bild von Dans Großeltern, wie sie später erfuhr. Beide hatten so ein glänzen in den Augen, das fiel ihr gleich auf. Dieses Glänzen konnte sie manchmal auch in Dans Augen sehen.

Im großen Badezimmer war eine riesige Badewanne mit Whirlpool in der Mitte des Raumes. Das beeindruckte Mara.

»Meine Güte, da haben ja fünf Leute Platz.«

Dans Zimmer war fast so groß, wie ihre ganze Wohnung in Frankfurt. Auch er hatte ein angrenzendes Badezimmer. Natürlich auch mit Whirlpool, wie sollte es anders sein. Die Badewanne war nur nicht ganz so groß, wie das Bad zuvor.

»Das hat mir schon immer an Amerika gefallen diese begehbaren Kleiderschränke. Oh mein Gott, ihr habt ja ganze Ankleidezimmer. Mara staunte nur noch. Das Ankleidezimmer bestand ringsherum bis auf das Fenster nur aus deckenhohen Schränken. Auch hier war das Holz sehr dunkel gehalten. Das war das Ankleidezimmer seiner Mutter.

»Komm mal her Schatz, das wird dir bestimmt gefallen.« Er öffnete eine Doppeltür und Mara sah nur noch Schuhe von oben bis unten. Alle farblich sortiert, von Ballerinas bis High Heels. Wie es Dan angenommen hat, glänzten ihre Augen.

»Oh ja, das ist echt toll. So gesehen, hat ein Ankleidezimmer seine Berechtigung«, schmunzelte sie.

»Braucht deine Mutter da nicht eine Zeit lang, bis sie sich entschieden hat? Vermutlich hat sie dann auch die restliche Garderobe in der gleichen Farbe.«

Sie gingen weiter und Dan zeigte ihr die anderen Räume. »Braucht man das wirklich alles?«, fragte sie Dan.

Liebling ich sagte dir doch, das alles hier bedeutet mir nichts. Und seit ich dich kenne, würde ich auch in einer Höhle mit dir glücklich sein.« Mara boxte ihn in die Seite.

»Das glaube ich dir wiederum nicht ganz.«

Sie gingen zurück ins Esszimmer, wo schon alle versammelt waren, bis auf Dans Vater. Die Hausangestellte servierte gerade die Vorspeise. Es wurde sich angeregt unterhalten und man bezog Mara in alle Gespräche mit ein. Das gefiel ihr. Das Essen war auch richtig lecker. Jetzt wusste sie auch, wie reiche Leute Dinieren und sie musste dabei schmunzeln. Die Zutaten waren nur vom Feinsten. Lachsfilet mit Kräuterkruste auf Kartoffelgulasch. Mara hatte so etwas noch nie gegessen. Sie fand, der Kartoffelgulasch hatte eine feine Weinnote. Dan erklärte ihr, dass ihre Köchin gerne mal etwas Europäisches kocht.

»Mutter ist ganz angetan von ihr.«

Zum Dessert gab es ihr Lieblingseis, heiße Himbeeren auf Vanilleeis.

Nach dem Essen zeigte Dan ihr auch die Außenanlage. Als sie raus kamen, sah Dan wieder den Lieferwagen. Er ging an sein Handy und sagte den Securityleuten, sie sollen das Gate schließen. Das ist sehr ungewöhnlich in dieser Gegend. Dan machte sich seine Gedanken.

Mara lief auf den Rasen und wunderte sich, dass er so weich, fast flauschig war. Man sackte sofort ein. Das erinnerte Mara an den Teppich bei Amy. Und doch war der Rasen kurz gehalten. Sie sah Dan fragend an. Er verstand, was sie wissen wollte.

»Das ist Bahama Gras. Es ist sehr widerstandsfähig. Wenn es im Winter friert, kann es sein, dass das Gras ganz braun wird. Manche denken, es wäre erfroren. Immerhin sind wir hier in Florida. Wenn die Regenzeit wieder kommt, wird das Gras wieder schön grün.«

»Das ist hier alles so anders, als in Georgia.«

»Ja das stimmt, Georgia erinnert ein bisschen an Europa. In Atlanta kann es richtig schneien und der Schnee bleibt einige Tage liegen. In Florida gab es 2008 in Daytona Beach ein paar Schneeflocken. Er blieb aber nicht liegen.

Hinter der Tennisanlage war ein Golfplatz. Also sah ich das vorhin doch richtig, als wir ankamen, dachte sich Mara.

Mara sah die drei großen Doppelgaragen:

»Ich gehe davon aus, ihr habt mehr als zwei Autos?«

»Dan schmunzelte, ja das ist Vaters Leidenschaft, er hat 6 Autos in den Garagen.«

»Hätte ich mir denken können, murmelte Mara.« Dan fasste sie an die Hüfte und zog sie mit sich. Er musste schmunzeln. Für ihn war das nicht besser und nicht schlechter, wie ein ganz normales Haus.

»Was ist das für ein Gebäude, das etwas Abseits steht?«, fragte Mara.

»Das ist das Haus für die Angestellten.«

»Nobel geht die Welt zugrunde, wisperte Mara.« Dan lächelte ihr zu. Mara sah den riesengroßen Pool.

»WOW hier gibt es wirklich alles, könnt ihr bei der Geschäftigkeit das alles wirklich nutzen? Du ja nun nicht. Kommt dir dann das Deutschland nicht ein bisschen klein vor, Dan?«

»Nein ich vermisse es auch in Deutschland nicht. Mir gefallen eure Fachwerkhäuser. Sie haben viel Charm. Sind zwar kleiner von den Räumen her, aber sie haben etwas Besonderes. Nur die begehbaren Kleiderschränke vermisse ich ein bisschen.«

»Du meinst eure Ankleidezimmer.«

»Klar ein bisschen Bequemlichkeit ist schön. Ich lebe schon lange in Deutschland und lebe noch.« Dabei sah er Mara in die Augen.

»Mein Freund Torsten hat in Berlin auch ein großes Haus, aber bei ihm strahlt mehr Gemütlichkeit aus. Die bekommst du mit den sehr großen Räumen einfach nicht hin. Das meinte ich damit, dass ich finde, hier ist so vieles übertrieben. Alles ist extrem groß. Niemand braucht solche Säle. Wer braucht schon solche Häuser, wie wir sie haben? Es gibt ein paar Häuser, die meine Eltern gar nicht nutzen. Das sind jetzt Gästehäuser geworden.« Mara hörte ihm zu und staunte. Sie gingen wieder ins Haus.

»Zeigst du mir auch mal eure Küche?, fragte Mara.«

»Klar mach ich, aber du darfst nicht helfen, da sind unsere Hausangestellten sehr eigen. Sie kochen hervorragend und wir lassen ihnen ihr Reich«, schmunzelte Dan. Dann betrat Mara die Küche. Solche Herde hatte Mara noch nie gesehen. Es standen zwei große 8-flammige Herde nebeneinander. Es waren diese Spiralen, wie man sie überall in Amerika hat. Dan sah, was in Mara vor sich ging.

»Manchmal haben meine Eltern viele Gäste und da ist es mit einem Herd nicht getan. Dann stellen sie auch 2 Köche ein und jeder braucht dann einen Herd. Mara sah nur Chrommöbel alles war blitzeblank, obwohl drinnen für das Abendessen gekocht wurde. Es standen auch zwei riesige, doppelte Kühlschränke darin. Und noch ein Separater für Getränke. Auch für den Wein gab es einen eigenen Kühlschrank, der genau die Temperatur hielt, die gute Weine brauchen. Mara konnte nur noch schlucken. Dan zog sie wieder aus der Küche heraus. Nachdem sie sich frisch machten und sich umgezogen hatten gingen sie ins Esszimmer zu den Anderen. Mara hatte ein hübsches Sommerkleid an und natürlich High Hills. Dan konnte kaum seine Finger von ihr lassen. Ihm wurde wieder einmal bewusst, wie sehr er diese Frau liebte.

Es wurde ein sehr schöner fröhlicher Abend. Alle mochten Mara mit ihrer natürlichen Art. Pam und John waren genauso lustig wie Dan. Man sah, dass er sich mit seinen Geschwistern gut verstand. Das Dinner war zum Dahinschmelzen. Zuerst gab es eine Blumenkohlsuppe mit Oliven-Crostini, gefüllte Champignons an Salat mit Balsamicodressing,

Zweierlei Fisch auf grünem Spargelfloss und zum Schluss: gepfefferte Ananas mit Vanilleeis und Chili-Schokoladensoße. Dazu gab es zu jedem Essen den richtigen Wein. Mara trank gerne ein Glas Wein, und hier passte einfach alles zusammen. Es schmeckte Himmlisch und Mara war glücklich und zufrieden. Zwei Mal am Tag warm Essen, war sie nicht gewohnt.

Später fielen Mara und Dan müde ins Bett. Mara küsste ihn und erklärte ihm:

»Dan, ich habe auf dem Weg hierher gesehen, dass ihr nicht weit von hier einen Supermarkt habt, ich fahre morgen früh schnell dorthin, OK? Ich wollte mir etwas holen, das hatte ich bei Amy vergessen. Wo hast du dein Auto stehen?«

Dan schmunzelte sie an, »Was brauchst du?, es gibt in diesem Haus fast alles. Ich lass dir das Auto vorfahren, wenn du es unbedingt willst.«

»Nein, erwiderte Mara, das ist ein Frauending. Ich bin auch bald zurück. Mara war zum ersten Mal eher im Bad fertig und legte sich schon ins Bett. Gut, das Dans Bett wirklich nicht zu hoch war. Sie wartete bis Dan kam, und wollte sich an ihn kuscheln. Bis er kam, war Mara schon eingeschlafen. Dan legte sich zu Mara und nahm sie in seinen Arm. Er roch ihre Haare, die so gut dufteten. Aber auch er war in kurzer Zeit eingeschlafen.

6

Unsanft wurde Dan am nächsten Morgen von John geweckt.

»Was habt ihr denn gestern noch getrieben, dass dein Auto an der Kreuzung steht und die Türen stehen offen. Die Polizei steht da herum. Und wo ist Mara?« Dan schaute verschlafen auf die Uhr, es war 10:14 Uhr. Auf einmal realisierte er, was John sagte und schoss aus dem Bett.

»Was sagst du da?« Dan fing an zu zittern.

»Wieso ist Mara nicht bei mir im Bett? Ach ja, sie wollte zum Publix etwas kaufen, sie sagte, es wäre ein Frauending. Was ist denn passiert?« Insgeheim bereute er, dass er Mara nicht gefahren hat, aber er ist einfach nicht wach geworden. Er zog sich so schnell wie möglich an.

»Die Polizei wird gleich hier sein, und hat ein paar Fragen.«

»Warum ist das Auto auf der Kreuzung und warum die Polizei.« Dan verstand gar nichts mehr.

Und schon klingelte es an der Tür.

»Madam, mein Name ist Officer Storm und das ist mein Kollege Officer Thompson.« Sie zeigten ihre Dienstmarke. Dan hörte seine Mutter unten:

»Meine Herren, was kann ich für Sie tun?«

»Madam gehört der Mercedes von der Firma Sixt zu Ihnen.«

»Ja mein Sohn ist zu Besuch und er hat den Wagen in Atlanta gemietet.«

»Können wir bitte mit ihrem Sohn sprechen?«

»Aber sicher kommen Sie bitte herein.« John, mein 2. Sohn ist schon oben und holt ihn.« Dan kam im Laufschritt die Treppe herunter.

»Mr. Harper können Sie uns erklären, warum ihr Leihwagen auf der Kreuzung steht.«

»Ich weiß es nicht, meine Freundin Mara Kamp wollte zum Supermarkt Unweit von hier. Ich verstehe das alles nicht.«

»Wir haben Blutspuren in Ihrem Auto gefunden.«

»Oh mein Gott, was ist mit Mara passiert?« Alle Farbe wich aus seinem Gesicht, er konnte seine Aufregung kaum noch zurückhalten.

»Warum Blutspuren in meinem Auto?« Ist sie verletzt, wie geht es ihr und vor allem wo ist sie?«

Dan war furchtbar aufgeregt. Er fuhr sich mit der Hand durch seine Haare.

»Ich verstehe das gerade alles nicht.«

»Mr. Harper, dass wissen wir noch nicht, wir hofften, Sie könnten uns etwas dazu sagen. Wir haben Ihren Wagen verlassen vorgefunden.«

Dans Auto wurde für die Spurensicherung sichergestellt.

»Ja sicher meinte Dan.« In seinem Kopf tobte ein Feuerwerk. Wo war seine Mara?

»Wir werden auf jeden Fall Captain Pepper einschalten, er wird sich dann bei Ihnen melden. Es kann nicht ausgeschlossen werden, dass es sich hier um ein Verbrechen handelt. Wäre es möglich von Mrs. Kamp ein Foto zu bekommen.«

Dan überlegte, ja, ich habe eins in meiner Brieftasche, einen Moment bitte.«

Officer. Storm nahm das Foto und bedankte sich.

»Vorerst dürfen wir uns verabschieden, wir melden uns, sobald wir mehr in der Sache wissen.«

»Sie sagten ein Verbrechen, Officer Storm? Was für ein Verbrechen?« Dan hielt ihn nochmals zurück.

»Das wissen wir alles noch nicht, wir sind erst am Anfang unserer Ermittlungen. Mr. Harper brauchen sie einen Seelsorger,« aber Dan lehnte ab, er wollte selber mit John auf die Suche nach Mara gehen.

»Ist Ihnen sonst irgendetwas aufgefallen?«, fragte Officer Storm.

»Ja gestern, als wir hier ankamen, hat ein schmutziger Lieferwagen fast die Einfahrt blockiert. Er ist dann aber weiter gefahren. Als ich später mit Mara im Garten war, sah ich den Lieferwagen wieder. Ich rief die Security an, damit sie das Gate schließen. Das ist in der Gegend hier nicht üblich, dass solche schmutzigen Lieferwagen herumfahren.«

»Mr. Harper, sie haben sich zufällig nicht das Autokennzeichen gemerkt?«

»Nein tut mir leid, ich kann mir nicht jedes Autokennzeichen merken, das hier vorbei fährt. Jetzt im Nachhinein wäre es wohl besser gewesen. Glauben Sie, die haben mit Maras Verschwinden etwas zu tun?«

»Das kann ich im Moment nicht genau sagen. Aber es ist schon auffällig«, damit verabschiedete sich der Officer.

»Mein Junge, was wollte Mara denn unterwegs?«, fragte seine Mutter.

»Sie hätte doch alles von uns haben können.«

Dan erzählt ihr, was Mara ihm letzte Nacht mitteilte. Insgeheim machte er sich Vorwürfe, warum ist er heute früh einfach nicht wach geworden? Dann wäre bestimmt nichts passiert. Eine große Angst stieg in ihm hoch, Angst um seine geliebte Mara. Wie konnte das alles nur passieren. Er bekam seine Gedanken einfach nicht sortiert.

»Ich gehe sie suchen«, meinte er.

John sagte zu ihm:

»Dan, es macht keinen Sinn, jetzt kopflos in die Gegend herumzufahren.« Dan schaute ihn nur verständnislos an.

»Gib mir dein Autoschlüssel, ich werde hier nicht rum sitzen und gar nichts tun.«

»Komm ich fahre dich«, seufzte sein Bruder.

»Dich kann man heute nicht alleine lassen. Ich verstehe dich Dan, aber versuche einen klaren Kopf zu behalten. So hilfst du Mara am allermeisten.« Dan stimmte John zu, aber er konnte nicht anders.

Sie fuhren los und sie klingelten bei den Nachbarn, ob sie etwas gesehen haben. Aber niemand hat etwas mitbekommen. Diese Straße ist auch nicht sehr stark befahren und die Häuser sind etwas zurück gesetzt gebaut. Zuerst kam ein großer Garten oder Park, bevor man zum Haus kommt. Selbst der Sicherheitsservice, der in Abständen durch die Gegend fährt, konnte keine Angaben machen. Sie hatten auch nichts bemerkt. Ergebnislos fuhren sie nach einer Stunde wieder nach Hause. Vielleicht war Mara in der Zwischenzeit Zuhause, aber nein, dann hätte seine Mutter ihn bestimmt angerufen. Von Mara gab es immer noch keine Spur.

90 Minuten später klingelte es erneut und Captain Pepper stand vor der Tür.

Ach du Scheiße, dachte Dan, das ist ja ein Columbo Verschnitt, fehlt nur noch die Zigarre. Die gleiche Haarfarbe mit einigen grauen Haaren dazwischen. Na ja mir soll es recht sein, wenn er nur Mara finden kann. Captain Pepper stellte sich vor und auch er zeigte seine Dienstmarke, und ahnte, was Dan dachte,

»Ja Mr. Harper«, ich werde oft darauf angesprochen und schmunzelte.

»Nein, ich bin nicht mit Columbo verwandt oder verschwägert. Nun aber zur Sache. Mrs. Kamp ist ihre Freundin? Bin ich da richtig informiert? Erzählen sie mir bitte noch einmal, was sich zugetragen hat.«

Und Dan erzählte, was er wusste.

»Captain Pepper, es kann doch nicht sein, dass niemand etwas gesehen hat. Ich habe schon mit meinem Bruder die Gegend abgefahren. Niemand will etwas gesehen haben.«

»Mr. Harper, wir sind erst am Anfang unserer Ermittlungen. Hatte ihre Freundin Feinde?«

»Captain Pepper, wir sind erst gestern hier angekommen. Mara war noch nie in Florida. Vorher waren wir bei der Cousine von Mara in

Albany. Dort kannte man Mara, weil sie Amy öfters besuchte. Bitte, finden sie Mara«, sagte Dan flehendlich. Captain Pepper nickte unmerklich.

»Wir tun unser bestes Mr. Harper. Da wir annehmen, dass sie vielleicht entführt wurde, werden wir mit ihrem Einverständnis eine Fangschaltung einrichten, ebenso für Ihr Handy und das Ihrer Familie. So leid es mir tut, aber sie müssen mit einem Anruf und Lösegeldforderungen rechnen. Sollte der Anruf kommen, versuchen Sie so normal wie möglich zu bleiben. Versuchen Sie die Verbindung so lange wie möglich aufrecht zu halten. In der Zwischenzeit arbeiten wir fieberhaft an der Fangschaltung. Damit keine Zeit verloren geht. Glauben Sie, Sie schaffen das?«

»Ja«, sagte Dan bestimmt und sein Gesicht verhärtete sich. Er würde alles tun, damit er Mara wieder bekommt. Mara entführt? Das machte für ihn nun gar keinen Sinn. Dans Vater kam von der Klinik schnell nach Hause.

»Mein Junge, das ist schrecklich, was hier passiert ist. Sei dir sicher, dass du von uns jegliche Unterstützung bekommst, egal was es kostet. Wie konnte das passieren?«

»Mutter kannst du bitte Kaffee kommen lassen«, fragte Dan. Er hatte das Gefühl, er brauchte das jetzt. Das Nichtstun machte ihn schier verrückt.

»Natürlich, der Kaffee kommt sofort. Dan versuche, dich zu beruhigen. Mach nichts übereilt. Es wird eine Erklärung für das alles geben. Ich bete, dass Mara nicht entführt wurde.«

»Danke Mutter, ich auch.«

»Ich danke dir Vater, wir wissen noch nichts. Man hat Blutspuren im Auto gefunden. Ich kann mir das alles nicht erklären«, und Dan lief aufgeregt im Zimmer auf und ab. Wer könnte denn ein Interesse haben, Mara so etwas anzutun? Sie kennt hier doch niemanden, ging es durch seinen Kopf.

Als Mara zu sich kam, hatte sie höllische Kopfschmerzen. Mara versuchte zu rekonstruieren, was passiert war. Sie konnte nur aus einem Auge etwas sehen. Man hatte ihre Hände auf dem Rücken gefesselt und alles tat ihr weh. Sie hörte von Weitem fremde Stimmen.

»Unser Täubchen ist zu sich gekommen«, meinte Ole. Und er grinste dreckig. Ihm würde schon etwas mit ihr einfallen. Nur das konnte er mit dem Saubermann Paul vergessen. Paul erwiderte auch gleich:

»Du das mit der Alten war scheiße. Ich sagte keine Gewalt.«

»Ach halt die Schnauze, das war schon richtig so, wie es gelaufen ist. Wir müssen auf der sicheren Seite sein und die heißt gewinnen. Denk an die Sonne. Hast du das Anwesen gesehen, da kommt für uns bestimmt ein hübsches Sümmchen dabei heraus. Ist halt dumm gelaufen, dass mit der Alten, was hat sie sich mit ihrer Töle auch eingemischt. Die ganzen Tage vorher kam dort niemand angelatscht.«

Mara schlief immer wieder kurz ein, dass sie die Zusammenhänge nicht richtig mitbekam. In dem Lieferwagen stank es fürchterlich und sie hatte mit der Übelkeit zu kämpfen.

Auf einmal rumpelte es und sie schlug mit dem Kopf mehrmals auf den Boden des Autos auf. Nach endloser Zeit stoppte das Auto und die Türen wurden hinten aufgerissen. Zwei Männer mit Masken zerrten sie heraus. Sie konnte kaum laufen, so benommen war sie noch.

»Nun komm schon Täubchen, das bisschen, kann dir doch nicht so viel ausgemacht haben.« Sie schleiften sie mehr, als sie lief. Als sie wieder ganz wach wurde, fand sie sich in einem sehr schmutzigen Raum wieder. Die Tapeten waren halb abgerissen. Es lag nur eine Matratze auf dem schmutzigen Boden, es war stickig und ekelig. Die Fenster waren innen vergittert und von Außen waren sie mit Brettern vernagelt. Sie versuchte nachzudenken, wie das alles passieren konnte. Sie wollte doch nur zum Supermarkt, als eine Person auf der Fahrbahn lag und sie bremsen musste. Dann ging alles so schnell. Sie wehrte sich verbissen, aber gegen diesen Koloss hatte sie mit ihren 53 kg keine Chance. Einen Hund hörte sie von ganz weit und eine Frau sprechen. Sie bekam eine Faust in ihr Gesicht und sie spürte Blut, dann verlor sie ihr Bewusstsein. Nun hatte man sie hier hergeschleppt.

7

Captain Pepper war noch im Haus bei den Harpers, als auf einmal ein Kollege klingelte.

»Captain kommen sie bitte mal mit, wir haben etwas gefunden«, sein Blick verhieß nichts Gutes. Er entschuldigte sich beim Vater von Dan, mit dem er sich gerade unterhielt, und ging hinaus. Hinter den Büschen der Allee, fast auf der gleichen Höhe, wo sie den Mercedes gefunden haben, lag eine tote ältere Frau mit ihrem ebenfalls toten Hund. Der Kleidung nach zu urteilen, war es eine Frau aus dieser Gegend. Das Kostüm sah nach einem Markendesigner aus. Auch ihre geöffnete Handtasche gehörte in die gehobene Klasse. Offenbar wurde beiden der Schädel eingeschlagen. Die Köpfe waren Blut verschmiert. Nun sah man getrocknetes Blut. Ihre Augen blickten starr. Das könnte bedeuten, dass die Tat schon vor ein paar Stunden gegangen wurde. Das werden die forensischen Untersuchungen ergeben. Captain Pepper pfiff leise durch die Zähne.

»Die Spurensicherung soll noch einmal raus kommen«, rief er dem Officer zu. Er überlegte, ob die Tote etwas mit dem Verschwinden von Mara Kamp zu tun haben könnte. Warum fand man die Tote nur unweit vom Auto der vermutlich Entführten? Und warum hier in dieser Nobelgegend? Nach seinem Wissen ist hier in dieser Gegend noch nie ein Mord geschehen. Es taten sich immer mehr Fragen auf.

Unterdessen versuchte Dan, Mara auf ihrem Handy anzurufen. Er konnte das alles nicht glauben, was gerade passierte, und er wollte aus diesem bösen Traum erwachen. Es konnte doch nicht sein, dass sie in so etwas verwickelt wurde. Warum Mara, sie war, erst einen Tag in Florida. Niemand kannte sie hier. Das macht doch alles keinen Sinn. Dan raufte sich die Haare.

Das erste Mal, dass er sich mit Haut und Haaren in eine Frau so verliebt hatte. Er hätte das nie gedacht. Nicht wie sonst die Liebeleien. Das hier war etwas richtig Ernstes. Das durfte nicht passieren, dass Mara etwas passiert. Er erreichte aber immer nur ihre Mailbox. Dan machte sich große Sorgen. Er versuchte es immer wieder, aber ohne Erfolg. Seine Hände ballten sich zu Fäusten vor Wut. Er fühlte sich so hilflos, so machtlos. Dan war es gewohnt alles unter Kontrolle zu haben, aber hier klappte das nicht.

Als der Captain wieder ins Haus der Harpers ging und ihnen vom Tod der Frau mit ihrem Hund erzählte, brach für die Familie eine Welt zusammen. In ihrer so sicheren Gegend passiert ein Mord? Ständig sah man doch die Sicherheitsleute herumfahren. Wo waren sie, als das passierte? Als sie die Beschreibung von der Toten erfuhren, ließ Dans Mutter einen Schrei los und bekam einen Weinkrampf. Dans Vater eilte sofort zu seiner Frau nahm sie in den Arm und führte sie zum Sofa. Als sie sich nach einer ganzen Weile etwas beruhigte, wollte sie einen Anruf tätigen, sie musste eine Bestätigung finden, dass es nicht Ann Miller ist. Mit zittrigen Händen suchte sie die Nummer von Ann aus ihrem Adressbuch heraus. Sie betete, dass sich Ann am Telefon meldete. Nichts geschah. Alle schauten sie an.

»Ich kenne hier in der Gegend nur eine ältere Frau, die mit ihrem Hund spazieren ging. Sie müssen wissen, Captain Pepper, das in dieser Gegend alle anderen Leute ihre Hunde nur in den Garten oder Park lassen. Nicht so Ann, sie war es gewohnt, mit ihrer Hündin Luna spazieren zu gehen. Ein seltenes Bild gebe ich zu, aber so war Ann nun einmal. Ich habe mich ein paar Mal mit Ann unterhalten. Sie lebt alleine in der Grove Street, ihr Sohn wohnt in Miami. Wenn sie es wirklich sein sollte, ist es ein großes Drama. Ann ist eine so herzensgute Frau. Sie liebt ihre Enkelkinder so sehr.«

In der Zwischenzeit machte sich Captain Pepper Notizen und gab einen Zettel seinem Kollegen, dass er nach der Frau namens Ann Miller forschte. Die Bestätigung kam 15 Minuten später, da man nicht weit von ihrem Leichnam ihren Führerschein gefunden hatte. Auch das warf wieder Fragen auf. Warum hatte ihr Mörder ihren Führerschein nicht mitgenommen, sondern unweit von ihr ins Gebüsch geworfen? Die ganze Familie war zutiefst bestürzt.

»Mutter«, fragte Dan, »woher kennst du Ann Miller? Wer ist das? Der Name sagt mir nichts.«

»Du kannst sie auch nicht kennen Dan, du lebst nicht mehr hier. Ich traf sie vor ein paar Monaten in der Galerie von YoungYing. Wir unterhielten uns über meine Bilder. Ann liebte die Malerei und sie kaufte auch zwei meiner Bilder. Seitdem hatten wir losen Kontakt, meistens telefonierten wir. Sie war eine sehr gebildete Frau. Als ihr Sohn mit seiner Familie nach Miami zog, kaufte sie sich Luna. So hatte sie Bewegung und war nicht mehr alleine. Oh sie liebte ihre Luna. Der Hund begleitete sie überall hin. Ach, das ist alles so schrecklich. Captain Pepper, können Sie bitte ihren Sohn ausfindig machen? Das wird sehr traurig für die Familie sein. Ihre beiden Enkel liebten ihre Oma. Ihr Sohn heißt Frank. Die Telefonnummer muss in ihrem Handy stehen.«

»Aber selbstverständlich kümmern wir uns darum«, versprach Captain Pepper. Seltsamerweise fand man auch das Handy von Ann Miller. Wo man doch eher gerechnet hätte, dass die Täter es mitgenommen hätten. Dieser Fall steckte voller Fragen.

»Komm Liebes, nimm das hier, das wird dir gut tun«, sagte ihr Mann zu ihr und sie lächelte zaghaft unter Tränen für seine Fürsorge. Es war ein leichtes Beruhigungsmittel.

»Warum ausgerechnet Ann, die niemanden etwas zuleide tun konnte«, weinte Dans Mutter.

Captain Pepper räusperte sich:

»Ich Danke Ihnen für die Information, das war hilfreich. Wir informieren sie, sobald wir neue Erkenntnisse haben. Und bitte Mr. Harper«, er wandte sich an Dan, »tun sie nichts im Alleingang, sie könnten das Leben ihrer Freundin und Ihres gefährden.«

Dan nickte nur kurz.

»Die Fangschaltung ist fertig und wir lassen Ihnen Officer Thompson hier, wenn es Ihnen recht ist. Haben Sie Vielleicht ein kleines separates Zimmer, wo er sich einrichten kann?«

»Ja sicher«, sagte Dans Vater und wandte sich zu John, er soll ihm das 2. Büro zeigen.«

Die Tür öffnete sich zu Maras Verlies. Sie konnte sich immer noch nicht bewegen, weil sie gefesselt war und starke Schmerzen in der Rippengegend hatte. Das atmen fiel ihr schwer. Ihr Kopf dröhnte und sie hatte furchtbare Angst, was mit ihr passieren wird. Wo war Dan? Dann hörte sie diese fiese Stimme aus dem Auto.

»Schau an mein Täubchen, dein Dad kann es wohl gar nicht ohne dich aushalten. Er versucht schon seit Stunden, dich zu erreichen. Zu Schade, dass du nicht mit ihm sprechen willst. Also werden wir uns mal ganz höflich bei ihm melden.« Und als er grinste, sah Mara nur ein paar abgebrochene Zähne in seinem Mund. Sie war so angewidert. Dad, wieso Dad wunderte, sich Mara. Was hatte ihr Vater mit der ganzen Sache zu tun. Sie war verzweifelt, weil sie so machtlos war.

Ole, den Mara nur den »Dicken« in Gedanken nannte, ging langsam auf sie zu und hob ihren Kopf an ihren Haaren. Als er mit seinem Gesicht ganz nahe zu ihrem kam, wurde ihr speiübel, so stank der Typ aus dem Mund und sie wollte den Kopf zur Seite drehen, was allerdings nicht gelang, weil er ihn festhielt.

Dann sah sie, dass der andere Mann in der Tür stand.

»Hör auf mit dem Scheiß und lass sie in Ruhe, wir wollen das Geld und sonst nichts. Es langt schon, dass du die andere über den Jordan befördert hast.«

»Ist ja schon gut, ich wollte doch nur ein bisschen Spaß. Tja Täubchen, dann muss ich wohl gehen. Ich binde dich jetzt los, wenn du versuchst zu fliehen, wirst du es sehr bereuen.« Er schnitt das Seil durch, mit dem Mara gefesselt war.

»Also überlege dir gut, was du machst. Wenn du musst, da hinten steht ein Eimer, oder soll ich dir dabei zusehen?«, und er grinste wieder sein dreckiges Grinsen. Mara war nur noch angewidert.

»Dann wollen wir doch mal sehen, wie sehr dich dein Elternhaus liebt.«

»Ihr werdet kein Geld bekommen, ich bin nicht die, die ihr glaubt zu haben«, spukte Mara ihnen wütend entgegen.

»Ach unser Täubchen kann reden, hast du das gehört Paul?«

»Halt die Fresse Mann, keine Namen, bist du ganz übergeschnappt?« Der Dicke ging wieder zu Mara und hielt sie am Kiefer fest.

»Das werden wir noch sehen Täubchen.« Er stand wieder auf und ging zur Tür. Mara zog die Beine an sich und ihr Gesicht an die Knie und weinte. Die Tür schloss sich und sie hörte, wie sich der Schlüssel im Schloss umdrehte. Sie war verzweifelt und hoffte, dass der Albtraum bald ein Ende hat. Was wollen sie von mir? Was war das mit der Anderen. Haben sie wirklich einen Menschen getötet? Die Gedanken schwirrten ihr durch den Kopf. Wenn ich mich doch bloß erinnern könnte, was alles Geschah. Aber sie war so geschockt von dem Schlag, den sie bekam, dass es auf einmal Dunkel um sie wurde. Die Angst stieg wieder in ihr hoch. In ihrer größten Not fing sie an zu beten.

„Gott hilf mir, dass ich das hier alles gut überstehe. Ich habe doch nie etwas Böses getan. Warum werde ich so bestraft?«

So langsam meldetet sich ihr Magen. Mara überlegte, wie spät es wohl sein mochte. Sie konnte durch den Spalt im Holz vor dem Fenster einen Sonnenstrahl ausmachen. Das sagte allerdings nichts über die Tageszeit aus.

Und sie brach in Tränen aus. Dann auf einmal kamen ihr Zweifel, auch wenn die Eltern von Dan sehr reich waren, würden sie überhaupt einen Cent für sie ausgeben? Sie kannten sie doch kaum.

»Was machen die schrägen Typen mit ihr, wenn nicht gezahlt wird?«

Fragen über Fragen und die Angst wurde stärker. Wenn doch nur Dan hier wäre. Er wüsste, was zu tun wäre.

Es war schon später Nachmittag und noch kein Lebenszeichen von Mara. Dan lief im Zimmer auf und ab. Er war ein Mensch der alles unter Kontrolle hatte, egal was er tat, aber hier konnte er einfach nichts tun. Und das machte ihn verzweifelt und wütend. Er wusste nicht, ob Mara noch lebte, obwohl ein Gefühl in ihm sagte, dass sie nicht tot ist. Er musste sie finden.

Das erste Mal, dass er erlebte, dass sein Vater der Klinik sagte, er wäre heute nicht zu sprechen, Doktor Morris sollte das übernehmen. Da musste er 34 Jahre alt werden, um seinen Vater wirklich einmal sorgenvoll zu erleben. Und schon hing er seinen Gedanken wieder nach. Und die waren ununterbrochen bei Mara.

8

Auf einmal ging sein Handy. Alle waren in heller Aufregung. Dans Hände zitterten. Seine Mutter bekam ganz große Augen, sie betete, dass das alles gut ausgehen wird. John legte seine Hand auf die Schulter von Dan als Zeichen der Zustimmung und Trostes. Officer Thompson kam sofort aus seinem Büro und sagte:

»Versuchen sie das Gespräch in die Länge zu ziehen, umso mehr Chancen haben wir, die Lokalität zu ermitteln.« Dan nickte und ging ans Handy.

»Vermisst du schon dein Täubchen? Wir haben sie, wenn du deine Tochter lebend wieder haben willst, dann solltest du nach unseren Spielregeln agieren. Wir fordern 3 Millionen in kleinen Scheinen, keine Mätzchen, keine Polizei sonst wirst du dein Täubchen nie wieder sehen.« Dan war sehr aufgeregt,

»Ich möchte ein Lebenszeichen von ihr.«

»Aber aber, das bisschen Geld wird sie dir doch wert sein, oder? Du bekommt bald die Übergabezeit gesagt, halt das Geld bereit.«

Und es knackte, in der Leitung. Die Verbindung wurde unterbrochen.

»Mist«, hörte er Officer Thompson sagen, das war zu kurz. Wir konnten die Entfernung nicht lokalisieren. Dans Vater sagte zu Dan:

»Junge das hast du gut gemacht, wir müssen abwarten und beten.«

»Vater, ich kann nicht hier rum sitzen und nur warten. Wir müssen doch etwas tun können.«

»Vertrau auf die Polizei Dan, sie haben mit so etwas mehr Erfahrung als wir.«

»Habt ihr das mitbekommen, sie gehen davon aus, dass Mara meine Tochter ist, erboste sich Dan. Was ist das denn für ein Irrsinn?«

Zum ersten Mal in seinem Leben bereute er, dass seine Eltern so reich sind. Wären sie arme Schlucker, dann wäre Mara noch hier bei ihm.

Officer Thompson kam wieder ins Zimmer und hielt Dan den Hörer hin. »Captain Pepper für Sie.«

»Mr. Harper, wir können davon ausgehen, wenn die Tote mit dem Verschwinden von Mrs. Kamp zu tun hat, dann können wir sagen, dass sich die ganze Aktion um ca. 8:30 Uhr heute früh ereignet hat. Das ist die Information, die wir jetzt von der Gerichtsmedizin bekommen haben. Und wir wissen, dass Mrs. Miller und ihr Hund mit einem großen Schraubenschlüssel erschlagen wurden. Meine Männer kommen noch einmal raus, und suchen die ganze Gegend ab. Wenn wir den Schraubenschlüssel finden, können wir vielleicht mittels DNA mehr erfahren. Machen Sie sich keine Sorgen, wir arbeiten fieberhaft an dem Fall.«

Dan bedankte sich. Er gab die Information an seine Familie weiter.

»Sie nennen Mara einen Fall, sagte er missmutig in den Raum.« Sein Vater kam auf ihm zu, legte seine Hand auf Dans Schulter.

»Junge, für die Polizei ist es ein Fall von vielen. Warten wir ab, was sie herausfinden. Wir müssen Vertrauen haben und Glauben.« Da spricht wieder der Kirchgänger, dachte sich Dan.

»Was sollen wir tun Vater? Sie verlangen 3 Millionen in kleinen Scheinen. Können wir das von der Zeit noch schaffen? Geld spielt für mich keine Rolle, ich möchte Mara wieder haben. Nur komme ich jetzt nicht an so viel Geld heran. Die deutschen Banken sind da etwas langsam, könnte ich mir vorstellen.«

»Dan du weißt wir unterstützen dich, wo immer wir können. Ich rufe meine Bank an. Vorher telefoniere ich noch einmal mit Captain Pepper.« Damit ging sein Vater in sein Büro.

Als sich alle zum Abendessen im Speisezimmer trafen, ging es nur noch um das Lösegeld. Hunger hatte niemand so richtig.

Pam meinte: »Dan, wenn ich dir irgendwie helfen kann, lass es mich wissen. Ich tue, was ich kann.«

»Danke«, sagte Dan und war schon mit seinen Gedanken ganz woanders.

Captain Pepper flog nach Miami. Er konnte sich nach den knapp 40 Dienstjahren immer noch nicht daran gewöhnen, Todesnachrichten zu überbringen. Er fühlte sich wie ein Todesengel. Das ist die Kehrseite von seinem ansonsten interessanten Beruf. Er wurde von seinem Kollegen Officer Johnson abgeholt. Sie unterhielten sich noch über den Fall Ann Miller und fuhren dann nach Miami Beach. Vor dem Haus Nr. 4802 Bay Road blieben sie stehen. Noch einmal atmete Captain Pepper tief durch und klingelte. Er hörte Kinderlachen und ihm wurde ganz übel. Dann öffnete ein Mann ihnen die Tür. Die Kinder kamen hinzu. Der Mann schickte sie in ihre Zimmer, als er die Männer in Uniform sah. Captain Pepper räusperte sich und stellte sich und seinen Kollegen vor. Er zeigte seine Dienstmarke:

»Sind Sie Frank Miller?«, fragte er.

»Ja aber ich verstehe nicht, warum die Polizei vor mir steht. Hat meine Frau einen Strafzettel nicht bezahlt? Aber deshalb kommen sie doch nicht persönlich, oder?«

»Nein, sicher nicht. Dürfen wir kurz rein kommen?

Frank Miller trat zur Seite und bat sie einzutreten.

»Mr. Miller, ich habe ihnen eine traurige Mitteilung zu machen. Ihre Mutter Ann Miller ist gestern verstorben. Leider fiel sie einem Gewaltverbrechen zum Opfer.« Nun war es raus, dachte er.

Frank Miller wich alle Farbe aus dem Gesicht.

»Was sagen Sie da, meine Mutter? Ja aber wie ist das möglich? Sie wohnt doch in einer Gegend von Tallahassee, wo sich Fuchs und Hase Gute Nacht sagen. Dort ist doch noch nie etwas passiert. Kein Raub, kein Einbruch nichts.« Frank Miller war total geschockt.

»Mr. Miller hatte ihre Mutter Feinde?«

»Meine Mutter Feinde? Nein das ist ganz unmöglich. Sie ist die warmherzigste Frau, die man sich denken kann. Hilfsbereit setzt sie sich immer für andere ein, wo sie helfen kann, tut sie es. In letzter Zeit galt ihre ganze Liebe ihrem Hund Luna. Ja wo ist Luna jetzt. Mein Gott ist das alles schrecklich.«

»Leider muss ich Ihnen sagen, dass Luna auch tot ist. Beide wurden erschlagen. Vermutlich steht der Tod ihrer Mutter im Zusammenhang mit einer Entführung. Der Todeszeitpunkt war ca. 8:30 Uhr gestern früh.«

In Frank Millers Augen spiegelten sich Tränen. »Entführung? Was hat das alles zu bedeuten? Ich verstehe das nicht.«

Die Tür ging auf und eine Frau kam herein. »Schatz ich habe alles bekommen, wir können …. oh du hast Besuch?«

Sie sah ihren Mann an und wusste, es muss etwas Schlimmes passiert sein.

»Komm her Melanie«, sagte er mit brüchiger Stimme. Er wartete, bis sich seine Frau setzte. Das ist Captain Pepper und sein Kollege Officer Johnson, so war doch ihr Name?« Beide Beamte nickten.

Frank Miller holte tief Luft, dann erzählte er, was er wusste und sie brach sofort in Tränen aus.

»Nein, deine Mutter doch nicht. Ich kenne sie doch nur Hilfsbereit. Setzt sich sehr für die Menschen ein, denen es nicht so gut geht. Sie ist die beste Oma für unsere Kinder. Sie wurde erschlagen und Luna auch? Entführung? In dieser Gegend, wo sie wohnt?« Alles war so unwirklich.

»Frank, das ist doch eine Nobelgegend, wo deine Mutter wohnt. Ich verstehe das nicht. Dort fährt doch auch immer die Security herum.«

»Ich weiß es doch auch nicht«, er starrte geradeaus, war zu keinem Gedanken fähig.«

Captain Pepper wandte sich an die Beiden und fragte, ob er einen Seelsorger schicken soll. Beide verneinten. Frank Miller erklärte:

»Wir müssen das erst einmal verdauen. Oh mein Gott, unsere Kinder vergöttern ihre Oma. Wie soll ich ihnen das nur beibringen?«

»Ihre Mutter wurde schon von der Staatsanwaltschaft freigegeben, sie können sich um die Beerdigung kümmern.«

»Ach ja, das kommt auch noch«, murmelte Frank Miller. Laut fügte er hinzu:

»Ich werde alles veranlassen. Ich möchte Sie bitten, mich auf dem Laufenden zu halten, was dabei herauskommt. Warum meine Mutter sterben musste.«

Captain Pepper erklärte sich bereit das zu tun und gab ihm seine Karte.

»Sollte Ihnen noch etwas einfallen, was uns weiterhelfen könnte, bitte rufen Sie mich an.« Dann erhob er sich und sein Kollege tat es ihm gleich.

»Darf ich Ihnen mein aufrichtiges Beileid aussprechen?«

Frank Miller erhob sich auch und dankte dem Captain. Er führte sie zur Tür, und als er die Tür wieder schloss, brach er in Tränen aus.

Die Stunden schlichen dahin. Mara hatte Magenschmerzen. Man hat ihr vor ca. 2 Stunden eine Flasche Wasser hingestellt. Das Wasser stank fürchterlich. Mara rollte sich auf der Matratze zusammen. Alles war speckig und dreckig. Es ging wieder die Tür auf und man brachte ihr einen Teller Suppe. Es kam immer nur der Dicke zu ihr. Den anderen sah sie so gut wie gar nicht.

»Na mein Täubchen, wenn du auch die Suppe nicht nimmst, werden wir dich zwangsernähren, ich weiß nicht, ob dir das besser gefällt. Wir wollen doch nicht, dass du uns vom Fleisch fällst. Nur gesund steigert sich dein Marktwert.« Mara schaute ihn nur hasserfüllt an.

»Jetzt wollen wir doch mal sehen, ob dein Dad die 3 Mille springen lässt. Es täte mir um deinen hübschen Kopf sonst sehr leid«, und er grinste wieder so dreckig.

»Oder wir warten noch ein paar Tage, dass macht die Sache spannender und deinen Dad noch spendabler.«

Mara konnte dem nicht ganz folgen, Ihren Dad, woher wussten ihre Eltern, dass man sie entführt hat? Nun bekam sie erst recht Angst, Ihr Vater war Herzkrank und durfte sich nicht aufregen. Außerdem haben ihre Eltern nicht so viel Geld. Sie könnten niemals 3 Millionen aufbringen. Aus lauter Angst, dass sie das mit der Zwangsernährung wahr machen würden, nahm sie etwas von der Suppe. Sie schmeckte fürchterlich und sie goss einen großen Teil in den Eimer. Sie konnte beim besten Willen jetzt nichts zu sich nehmen. Sie träumte von einem Bad oder einer Dusche. Es war in ihrem Zimmer nicht einmal Wasser da, um sich zu waschen. Da sie nur zum Supermarkt wollte, hatte sie nur die Shorts und das T-Shirt an. Beides war voller Blut. Ob es ihres war, das wusste sie nicht. Sie sehnte sich nach ein bisschen frischer Luft, alles hier war feucht und stickig. Mara hatte Angst vor dieser Nacht. Und sie vermisste Dan so sehr. Was er jetzt wohl macht, konnte er ihr helfen?

Mara wusste auch nicht, wo sie war. Wie lange sie gefahren sind, wusste sie auch nicht, weil sie Ohnmächtig wurde. Was würden die Kerle mit ihr machen, wenn sie nicht das bekämen, was sie wollten? Sie hoffte inständig, dass Dan ihren Vater beruhigen konnte. Sie hatte so viele Ängste und sie fand keine Lösung.

9

Dan konnte die Nacht nicht schlafen, so viele Gedanken gingen ihm durch den Kopf. Er fühlte sich furchtbar. Und er wartete auf den nächsten Anruf der Entführer, damit er endlich erfuhr, wie es seiner Mara ging. Nein so hatten sie sich den Urlaub wirklich nicht vorgestellt.

Die Polizei hatte auch keine neuen Erkenntnisse. Sie hegten große Hoffnungen die Entführer, und vermutlichen Mörder bei der Geldübergabe zu schnappen. Dans Vater hatte das Geld in kleinen Scheinen. Die Polizei brachte sie ihnen vorbei, damit nicht noch ein Unglück passierte. Nun hieß es warten, bis sich die Entführer meldeten. Captain Pepper schärfte Dan ein, auf ein Lebenszeichen von Mara zu bestehen. Aber nichts passierte. Wann riefen sie denn endlich an, damit der ganze Spuk vorbei geht. Nichts passierte, sein Handy klingelte nicht.

Nach dieser Nacht in der Mara nicht schlafen konnte kam wieder der Dicke morgens zu ihr. Er brachte ihr einen Kaffee und ein Muffin.

»Hier mein Täubchen, niemand soll sagen, wir kümmern uns nicht um dich. Oder willst du lieber ein bisschen Spaß mit mir?«

Mara presste sich an die Wand, sie hatte fürchterliche Angst. Der andere Entführer schaue zur Tür und ermahnte wieder, er soll sie in Frieden lassen.

»Hörst du mein Täubchen, wieder darf ich mit dir nicht spielen.« Er griff ihr in die Haare und zog daran.

»Vielleicht haben wir später noch Zeit, grinste er.« Er stand auf und ging zur Tür. Sie hörte wieder wie abgeschlossen wurde. Mara hörte auch, wie die Zwei sich wieder stritten. Sie dachte sich, wie gut es war, dass der Andere dabei war. Sie wollte sich nicht ausmalen, was ihr passiert wäre, wenn nur der Dicke sie entführt hatte. Sie stritten sich draußen immer lauter. Er konnte den anderen Hören, wie er immer wieder sagte, dass sie nur das Geld wollten. Sie nahm den Kaffee der war wenigstens heiß, schmeckte aber fürchterlich. Sie aß von dem Muffin nur die Hälfte. Mara hatte einfach keinen Hunger. Sie sehnte sich nach etwas Wasser. Auch ihre Zähne konnte sie nicht putzen.

Dan wartete die ganze Nacht auf ein Lebenszeichen von Mara. Er war übernächtigt und hatte angst. Er ging runter zum Frühstück, trank aber nur einen Kaffee.

»Mein lieber Sohn, du musst etwas essen, du brauchst deine Kräfte«, erklärte ihm seine Mutter.

»Vielleicht später«, murmelte er.

Er starrte sein Handy an, als ob er es hypnotisieren würde. Aber es klingelte nicht. Von Officer Pepper kam auch noch kein Anruf, als wussten sie auch noch nichts. Das ganze zermürbte ihn sehr.

Mittags gab es für Mara wieder diese Suppe, die sie nicht essen konnte. Sie knabberte an ihren Muffin und die Suppe goss sie weg. Sie musste zur Toilette, aber sie traute sich nicht auf den Eimer zu gehen. Toilettenpapier sah sie auch nicht. Und wieder betete sie, dieser ganze Spuk soll endlich ein Ende haben. Sehr ängstlich hockte sie sich auf den Eimer und erleichterte sich. Sie hielt es nicht mehr aus, der Körper verlangte danach. Angeekelt zog sie die Shorts wieder hoch. Sie hatte immer noch starke Schmerzen in den Rippen. Mara legte sich wieder auf die Matratze und wartete was nun kommen wird. Stunde um Stunde passierte nichts. Mara konnte nicht einschätzen, wie spät es war.

Dan lief im Wohnzimmer auf und ab. Er konnte nichts tun als nur zu warten. Seine Nerven waren auf das äußerste angespannt. Auch er betete, dass die Einführer sich endlich melden. Es war schon 22 Uhr als endlich das Handy von Dan eine Melodie spielte. Und wieder wuchs die Anspannung bis ins Unermessliche. Er meldete sich.

»Hör zu, denn ich sage es nur einmal. Das Geld packst du Morgen in eine blaue Reisetasche und bringst sie in die 2583 Westside Dr. Leg die Reisetasche in das alte Auto von 1930. Punkt 15 Uhr. Und denk dran, keine Polizei.«

»Ich verlange ein Lebenszeichen von Mara, brachte Dan aufgeregt hervor.«

Dann hörte Dan: »Komm her Täubchen, Daddy will dich mal hören, und Mara schrie auf. Man riss sie so stark an den Haaren. Dann schrie sie, »Papa hilf mir«, dann brach sie wieder in Tränen aus.

»Das dürfte als Lebenszeichen genügen.«

»Ihr Schweine, sagte Dan, wehe ihr krümmt ihr noch ein Haar.«

»Was dann du feiner Pinkel, willst du mir drohen? Ich glaube du bist nicht in der richtigen Position, um irgendetwas zu fordern«, und es klackte wieder, die Verbindung war unterbrochen.

Dan war außer sich vor Wut und Zorn. Er hatte Maras Schrei noch im Ohr. Ihm krampfte das Herz zusammen.

Sein Vater kam zu ihm: »Junge das hast du gut gemacht. Versuche dich zu entspannen.« Zur gleichen Zeit kam Officer Thompson ins Wohnzimmer, und sagte, Wir haben ein Signal empfangen und werden die Gegend observieren, vielleicht können wir Mara schneller holen, als es die Ganoven vermuten. Es war ein sehr starkes Signal, dass man davon ausgehen kann, dass sie gar nicht so weit von hier entfernt ist.

Man hätte den Stein hören können, der von Dans Herzen gefallen ist. Zwar hatte er seine Mara noch nicht wieder, aber sie sind ein ganzes Stück näher gekommen. John ging sofort ans Internet und sah, dass der Übergabeort nur 13 Meilen entfernt ist. Aber ob dort auch Mara ist, war nicht sicher. Die Kerle würden das bestimmt beobachten, wenn Dan sich da näher umsehen würde. Am liebsten wäre Dan gleich los gefahren, aber sein Verstand sagte ihm, dass das keine so gute Idee ist. Nun hieß es, noch ein paar Stunden durchhalten. Er betete, dass es seiner Mara gut ging.

Officer Thompson musste Dans Euphorie etwas dämpfen:

»Wir können ihr Handy nur orten, wenn es auch eingeschaltet ist. Im Moment ist es ausgeschaltet. Wir müssen warten, bis sie wieder telefonieren. Wir können den Umkreis schon mal verkleinern. Um Maras Leben nicht zu gefährden, müssen wir äußerst vorsichtig vorgehen. Die Ortungsdaten habe ich Captain Pepper weiter gegeben. Alles Weitere entscheidet er. Wir sollten uns, bis es soweit ist, auf die Übergabe konzentrieren.«

Dan war sehr aufgeregt, immer diese Aufs und Abs. Die blaue Reisetasche wurde besorgt, das Geld hinein getan und wieder in den Safe gestellt. Die Anspannung ist jedem anzumerken.

Am nächsten Morgen fielen alle aus den Wolken, als sie die Zeitungen lasen. Dans Mutter hielt es nicht aus und startete eine Meldung. In großen Lettern war zu lesen.

»Gebt mir meine Tochter zurück!«

Alle stürmten in ihr Zimmer und fragten sie, wie sie so etwas tun konnte. Dans Mutter fing an zu weinen:

»Dan ich wollte euch doch nur helfen. Ich glaube, wenn man an die Täter appelliert, sehen sie ein, was für einen Fehler sie gemacht haben.«

Dan glaubte nicht, was er da hörte.

»Mom, vermutlich haben sie Ann Miller und ihren Hund getötet, glaubst du wirklich, sie würden von einem weiteren Mord zurückschrecken? Das war naiv von dir. Mörder sind nicht lieb und nett.«

Er war total außer sich und lief aus ihrem Zimmer, ohne noch ein weiteres Wort zu sagen. Auch Officer Thompson war von ihrer Tat nicht begeistert. Nun wussten alle nicht, wie die Ganoven darauf reagieren werden. Dans Mutter bekam einen Nervenzusammenbruch. Ihr Mann gab ihr eine Beruhigungsspritze. Nach kurzer Zeit schlief sie ein. Alle gingen wieder ins Esszimmer, wo starker Kaffee auf sie wartete. Dans Vater erklärte:

»Ich weiß nicht, was in deiner Mutter gefahren ist Dan, aber ich bin mir ganz sicher, sie wollte dir und Mara nicht schaden.« Dan sah seinen Vater an und erschrak, auch er war ganz grau im Gesicht. Die ganze Sache ging auch an ihm nicht spurlos vorbei. Er lernte in diesem Moment ganz neue Dinge über seinen Vater.

»Ich weiß Vater, ich habe höllische Angst, das Mara etwas Schlimmes passiert.«

»Schau mal an, unser Täubchen ist doch die Tochter vom alten Harper. Uns wollte sie weismachen, sie wäre eine andere Person. Netter Appell. Buh wir haben jetzt aber Angst«, lachte Ole. Und auch Paul konnte sich nicht mehr halten vor Lachen.

»Wollen wir mal unser Täubchen besuchen.« Beide gingen zu Mara.

»Hallo Täubchen, ja was kann man denn von dir in der Zeitung lesen? Die Tochter von so einem reichen Pinkel und will uns einen Bären aufbinden. Von wegen sie wäre eine andere Person. Wie finden wir das denn?«

Und schon schlug er ihr ins Gesicht. Mara schrie auf. Es kamen noch mehr Schläge und Tritte. Ole war wie von Sinnen. Mara hörte einen Knochen knacken und schrie auf. Ihr linker Arm schwoll augenblicklich an. Sie hielt ihn vorsichtig. Ole hörte Paul kaum, der mit ihm sprach, er sollte sie endlich in Ruhe lassen. Erst als er von Paul mit seinem ganzen Körper weggestoßen wurde, hörte er unter Fluchen auf.

»Die hat die Abreibung verdient, diese Lügnerin.«

»Wie oft soll ich dir noch sagen, wir wollen das Geld und sonst nichts. Es war nie die Rede von Totprügeln.«

Mara bekam kaum Luft, und sie hatte große Schmerzen. Dann ließ der Dicke von ihr ab und die Tür schloss sich wieder.

»Hätten sie doch noch mehr zugeschlagen, dann wäre es endlich vorbei. Ich kann nicht mehr.«

Überall hatte sie schon blaue Flecke. Sie wimmerte sich in den Schlaf. Nach Stunden schreckte sie hoch. Ihr tat immer noch alles weh, besonders die Rippen und der linke Arm der schon sehr unförmlich aussah.

Dann ging es ganz schnell, von überall kamen Polizisten, sie stürmten den Trailer. Sie hörte Glas splittern, also war nicht jedes Fenster vergittert. Bei ihrem Fenster wurden die Holzplatten herunter gerissen. Durch das helle Licht konnte Mara erst einmal nichts sehen. Sie hatte große Angst und ihr Herz schlug sehr schnell. Es war doch Abend aber jetzt ist es Taghell. Mara hatte keine Zeitvorstellung mehr. Sie sah nicht, dass es große Scheinwerfer waren.

Maras Tür wurde aufgestoßen und die Beamten erschraken, als sie Mara sahen. Sie war übersät mit blauen Flecken. Ihr Gesicht war geschwollen. Der Notarzt kam sofort herein und untersuchte sie. Man legte ihr einen Zugang für eine Infusion und sie bekam ein starkes Schmerzmittel. Der linke Arm wurde geschient.

Der Notarzt sprach beruhigend auf sie ein, dass sie nun nichts mehr zu befürchten hatte. Alles wäre vorbei. Die Sanitäter wollten sie gerade auf die Trage heben, als ihr Herz aussetzte. Ihr Blick flimmerte und dann wurde sie wieder Ohnmächtig. Die sofort eingeleiteten Wiederbelebungsversuche dauerten eine Zeit lang, bis ihr Herz endlich wieder anfing zu schlagen. Sie wurde an einem EKG angeschlossen. Ein Krankenwagen brachte sie mit Blaulicht und Sirene ins Krankenhaus.

Die beiden Ganoven konnten nicht mehr reagieren. Sie zuckten zusammen, als es einen Schlag tat und die Fensterscheiben zu Bruch gingen. Die Polizisten kamen durch die Fenster gesprungen und die beiden Ganoven schauten in Pistolenmündungen und schon wurden sie zu Boden gerissen. Jemand riss ihre Arme auf den Rücken und Handschellen klickten. Paul schrie vor Schmerzen auf. Es wurde aber keine große Rücksicht auf ihn genommen. Sie wurden wieder auf die Beine gestellt. Als Captain Pepper zu ihnen kam, sagte er:

»Na wen haben wir denn da. Wir haben uns schon lange nicht gesehen Ole. Na dieses Mal kommst du nicht so schnell raus, denn nun kommt auch noch Mord dazu. Ole, maulte:

»Wir haben die Kleine nicht totgemacht.«

»Nein aber fast, sie wurde gerade wiederbelebt, aber wir wissen, was ihr mit diesem großen Schraubenschlüssel gemacht habt, oder klebt euer Blut daran?«

Er hielt den Schraubenschlüssel hoch, wobei das Teil an dem Blut klebte, in einer durchsichtige Plastiktüte verpackt war. Paul schnaubte vor Wut:

»Du Vollidiot, ich habe dir gleich gesagt, du sollst ihn entsorgen, und nicht liegen lassen.«

»Ach halt doch die Schnauze, ich muss immer alle Dreckarbeiten für dich machen.« Captain Pepper unterbrach sie.

»Ok, genug gelabert, ihr werdet noch genug Gelegenheit haben, euch zu äußern. Und ab mit ihnen.« Er gab den Polizisten einen Wink.

10

Captain Pepper klingelte bei den Harpers und Dan machte die Tür auf. Er dachte schon an das Schlimmste, als er ihn hineinbat und er hielt die Luft an.

»Ich kann ihnen eine gute Nachricht mitteilen, Mara Kamp lebt und wir haben sie ins Madison Krankenhaus gebracht. Sie ist schwer verletzt und sie musste wiederbelebt werden. Dank der Zeitungsanzeige ihrer Mutter mussten wir schnell zugreifen. Wir hatten nur eine Hoffnung, dass die Ortung stimmte, das war nur möglich, weil die Ganoven vergaßen, das Handy von Mara auszuschalten. Mr. Harper, Sie brauchen das Lösegeld nicht mehr.«

Dan konnte das alles nicht fassen. Was sagte Captain Pepper? Mara musste wiederbelebt werden? Angst kroch in ihm hoch. Er hatte schon den Autoschlüssel seines Vaters in der Hand.

»Captain Pepper ich danke Ihnen und Ihrem Team, entschuldigen Sie mich bitte, ich muss zu Mara. Ein schöneres Geburtstagsgeschenk hätten Sie mir nicht machen können. Ich Danke Ihnen.« Und schon ging die Tür auf.

Captain Pepper sah ihm nach und er verstand Dan. Nach dem Unfall seiner Frau reagierte er genauso wie Dan.

»Na dann herzlichen Glückwunsch zum Geburtstag murmelte er.«

Als Mara endlich erwachte, wusste sie nicht, wo sie war. Dan kam sofort an ihr Bett. Er sah übernächtigt aus.

»Süße«, und er küsste sie.

»Es ist alles vorbei, du bist in Sicherheit.« Mara schaute ihn an, als ob er vom Mond kam, und schaute sich ängstlich um. Ihre Augen flackerten.

»Wie lange bin ich hier«, dann verzog sie schmerzhaft das Gesicht. Sie sah ihren linken Arm in einer Gipsschiene.

»Hast du Schmerzen, soll ich die Schwester holen«, aber Mara schüttelte den Kopf.

»Du hast 3 Tage geschlafen, ich hatte große Angst um dich.«

»Drei Tage?«, sagte sie und dann stiegen Tränen in ihre Augen. Dan war bestürzt.

»Was hast du Liebling?«

»Dan, ich habe dein Geburtstag verschlafen«, weinte sie.

»Ich habe das schönste Geburtstagsgeschenk meines Lebens bekommen. Genau an meinem Geburtstag hat man dich befreit.

Kann es ein schöneres Geschenk geben?« Dan küsste sie. Mara sah sich um.

»Das ist doch hier kein Krankenzimmer, das sieht aus, wie ein Hotelzimmer.« Das Bett war nicht weiß, wie üblich, sondern braun, auch die Schränke waren keine Einbauschränke, wie man es sonst in Krankenhäusern sieht. Es sah gemütlich aus. Auf dem Tisch standen frische Blumen und Mara hatte einen Blick auf den Park.

»Warst du die ganze Zeit bei mir«, fragte Mara. Dan schmunzelte:

»Das ist ein Krankenzimmer für Besserverdienende. Ja mein Liebling ich bin dir nicht von der Seite gewichen.«

Ein Lächeln zog sich um ihre Mundwinkel. Dan streichelte ihre Hand. Und wieder hatte sie starke Schmerzen beim Atmen. Dan erklärte ihr, dass sie einen Herzstillstand hatte und sie wiederbelebt werden musste. Bei der Herzmassage ist ihr eine Rippe gebrochen. Die drei gebrochenen Rippen auf der anderen Seite haben ihre Entführer zu verantworten.

»Mara, du lebst und das alleine zählt für mich.«

Sie bekam große Augen, als sie das hörte. Dass sie Herzprobleme hat, war ihr neu. Dan beruhigte sie, wieder konnte er ihre Gedanken lesen.

»Das kam nur vom großen Stress Liebling.«

»Habt ihr wirklich gezahlt?«

»Nein, das brauchten wir nicht, die Polizei hat dich vorher da raus geholt. Mach dir keine Sorgen um das Geld, wir hätten alles für dich getan.«

Dan war sich nicht sicher, ob sie all seine Worte verstand. Das war auch egal, Hauptsache sie ist wieder im Hier und Jetzt. Er hielt ihre Hand.

»Wie geht es meinem Papa?«

»Na ich hoffe doch gut, ich habe deine Eltern noch nicht informiert, ich wollte erst abwarten, bis es dir wieder besser geht.«

»Aber er muss doch hier gewesen sein. Ich hatte große Angst davor, weil er doch Herzkrank ist.«

»Wie kommst du auf deinen Papa?«

»Ich habe doch gehört, dass sie mit Papa gesprochen haben, ich wusste nur nicht, dass er so gut englisch spricht.«

Dann konnte Mara die Augen nicht mehr aufhalten und schlief wieder ein. Dan streichelte ihre Wange. Er ging raus und berichtete den Ärzten, dass sie wieder aufgewacht ist. Da erst merkte Dan seine eigene Erschöpfung. Er rief seine Eltern an und teilte ihnen die frohe Botschaft mit. Sein Vater hörte ihm an, dass er zwar sehr froh ist, aber auch sehr erschöpft klang.

»Dan du musst auch mal schlafen. Du kannst das nicht ewig durchhalten.«

»Ja ich weiß Vater, ich will nur noch hören, was die Ärzte sagen, dann komme ich nach Hause.«

Am nächsten Tag war Dan gleich früh bei Mara, sie war auch wach und hat ihn erwartet. Dan küsste sie und war sehr erfreut, dass sie schon viel besser aussah.

»Guten Morgen mein Schatz.«

»Guten Morgen Dan« und Mara lächelte ein bisschen.

»Wie geht es meinem Papa, ich habe große Angst um ihn. Ich mache mir solche Sorgen.«

»Das wollte ich dir gestern noch sagen, aber du bist so schnell eingeschlafen. Ich glaube deinen Papa geht es gut, ich habe ihn nicht angerufen, warum fragst du?«

»Weil der Dicke mit ihm wohl gesprochen hat.«

»Nein Mara, der Typ hat mit mir gesprochen. Er hat mich von deinem Handy aus angerufen, weil ich dich ein paar Mal versucht habe zu erreichen. Sie haben mich auf Rückruf angerufen und die Lösegeldforderung gestellt, er glaubte, du bist meine Tochter. Ich habe ihn in den Glauben gelassen, ich war viel zu aufgeregt, um das richtigzustellen. Ich war bedacht, das Gespräch so lange wie möglich zu halten, damit die Polizei dich orten konnte.«

Wie es sich Dan dachte, hatte sie letzte Nacht nicht alles mitbekommen und verstanden.

»Meine Mutter hat deine Befreiung ungewusst beschleunigt.«

Mara zog ihre Stirn in Falten und sah ihn fragend an.

»Ja sie hat sich hinter unseren Rücken an die Presse gewandt und um die Freilassung ihrer Tochter gebeten. Wir waren alle darüber sehr erbost, weil absolute Geheimhaltung vereinbart wurde. Sie war der Meinung, wenn sie an das Herz der Gauner appelliert, werden sie dich freilassen. Sie ist ein bisschen naiv. Wer einen Mord begeht, wird sich bestimmt nicht von einem zweiten abschrecken lassen.«

Mara erschrak zutiefst und sie fragte ganz unsicher:

»Mord?«

»Ja fast in Augenhöhe vom Mercedes im Gebüsch hat man eine alte Frau mit ihrem Hund tot aufgefunden. Nach deiner Befreiung hat man das Mordwerkzeug, den Schraubenschlüssel mit ihrem Blut im Trailer gefunden.«

Mara wich alles Blut aus den Adern. Sie dachte angestrengt nach.

»Das Letzte, woran ich mich erinnern kann, war das Bellen eines Hundes. Stimmt da war noch die Stimme einer Frau, aber was sie sagte, weiß ich nicht.« Sie brach in Tränen aus.

»Wegen mir wurden eine Frau und ein Hund umgebracht? Wie soll ich je damit leben können.«

»Schhhhh« Dan nahm sie in den Arm so gut es ging, ohne ihr weitere Schmerzen zuzufügen: »Das ist nicht deine Schuld. Rede dir das bitte nicht ein. Ich weiß, du brauchst noch Zeit um das schreckliche Erlebnis zu vergessen. Ich helfe dir dabei.« Mara erzählte ihm:

»Als sie etwas in der Zeitung gelesen haben, kamen sie zu mir und der Dicke schlug auf mich ein. Er glaubte, ich hätte ihn angelogen, dass sie die falsche Person entführt hätten.« Ich glaube, ich verdanke mein Leben, dem anderen, der wohl Paul oder so hieß. Er hat immer wieder gesagt, der Dicke soll aufhören, und als er das nicht tat, hat er ihn mit seinem Körper weggestoßen. Er hat fast nie seine Hände benutzt.«

Dan schloss die Augen, als er das hörte, also war es Mutters schuld, dass man Mara so zusammenschlug. Seine Gedanken erzählte er Mara nicht weiter.

»Holst du mich Morgen ab, ich kann entlassen werden« holte sie Dan aus seinen Gedanken.

»Ich habe es abgelehnt, mit einem Psychologen zu arbeiten. Ich muss mir selbst erst einmal um vieles Klar werden.«

»Dan hob die Augenbraue und betrachtete sie:

»Glaubst du, du bist schon Fit genug? Hast du noch große Schmerzen?«

»Es geht so, die Schmerzen sind aushaltbar. Manchmal tut es noch beim Atmen sehr weh. Husten und Lachen gehen eigentlich gar nicht.

Der Arzt sagte, die Rippenbrüche dauern noch eine ganze Weile, bis sie heilen und so lange will ich nicht im Krankenhaus bleiben.«

»Du hast auch noch viele blaue Flecke Liebling, Wenn ich den Typ in die Finger kriege, der dir das angetan hat.« Mara sah ihm an, wie wütend er wurde.

»Aber der kommt eh nicht mehr aus dem Knast heraus. Die Polizei wird dich noch befragen wollen, wie das alles passiert ist. Ich werde dich jetzt nicht danach fragen, damit du es nicht zu oft wiederholen musst.«

»Dan ich danke dir. Ich muss meine Gedanken erst einmal ordnen. Ich wüsste gerne, wie man mein Kopfkino abschaltet.«

»Das verstehe ich Mara, ich helfe dir so gut ich kann. Ja ich hole dich Morgen ab und dann erholst du dich bei uns. Zu deiner Sicherheit werden wir das Tor immer geschlossen halten. Vater hat eine separate Security Firma geordert, die sich nur auf unserem Gelände aufhält. Wir wissen zwar, dir kann nichts mehr passieren, nur damit du keine Angst mehr haben musst und dich sicher fühlen kannst.«

Mara nickte dankbar. Also hat der ganze Reichtum auch einen kleinen Vorteil, dachte sie und musste unweigerlich schmunzeln.

Als Mara und Dan am nächsten Tag bei Dans Eltern ankam, wurde sie herzlich begrüßt. Dans Mutter war etwas verhalten, weil sie sich bewusst war, dass durch ihre PR-Aktion Mara Schmerzen zugefügt wurden. Sie entschuldigte sich auch bei ihr, aber Mara antwortete:

»Mach dir keine Vorwürfe, wer weiß, wie es sonst ausgegangen wäre. Ob sie mich nach Zahlung des Lösegeldes wirklich freigelassen hätten. Ich möchte euch allen danken, dass ihr für mich wirklich gezahlt hättet, das berührt mich sehr und ich bin dankbar, dass es nicht zur Lösegeldübergabe gekommen ist. Ich hoffe nur, ich kann diesen Spuk irgendwann vergessen.«

Dans Vater ermutigte Mara, sie solle doch alle beim Vornamen anreden. Er sei James und seine Frau heiße Mary. Mara bedankte sich und nahm das Angebot gerne entgegen. Dan meinte:

»Mara, du solltest dich noch etwas ausruhen, heute Nachmittag kommt Captain Pepper vorbei und möchte mit dir reden. Fühlst du dich dazu bereit, sonst sage ich ihm ab.«

»Ist schon gut Dan, irgendwann muss ich das hinter mich bringen. Dann lieber gleich«, sagte Mara. Sie war allen sehr dankbar, dass sie sich noch etwas zurückziehen konnte. Das alles hatte sie doch sehr angestrengt.

11

Pünktlich um 15 Uhr kam Captain Pepper mit Officer Thompson vorbei.

»Mara wie geht es Ihnen, danke, dass sie sich gleich für eine Aussage zur Verfügung gestellt haben.«

»Danke Captain Pepper, es geht. Ich möchte es schnell hinter mich bringen. Ich habe liebe Menschen um mich herum, das hilft mir sehr«, und sie schaute Dan dankbar an.

»Mara erzählen Sie mir bitte, was am Tag des Überfalls passiert ist.«

»Ich wollte an diesem Morgen etwas einkaufen. Als ich auf der Hauptstraße nach ca. einer Meile einen Menschen mitten auf der Fahrbahn liegen sah, fuhr ich langsamer und hielt an. Dann sprang der Mann auf einmal auf und kam zum Auto. Es wurden beide Türen vom Auto aufgerissen und zwei Typen zerrten an mir. Ich wusste nicht, was los war. Beide hatten eine Halloweenmaske auf. Ich konnte keine Gesichter erkennen. Es gab ein Gerangel, ich habe mich gewehrt. Ich hörte noch einen Hund bellen, er muss ganz in der

Nähe gewesen sein. Sehen konnte ich ihn allerdings nicht. Dann meine ich, auch eine Frau gehört zu haben, aber ich weiß nicht, was sie sagte. Der Dicke von beiden schlug mir mit der Faust ins Gesicht und ich spürte Blut im Gesicht dann wurde ich Ohnmächtig. Ich kam zu mir, als ich in einem Lieferwagen lag. Es stank furchtbar. Ich konnte auch nur durch ein Auge etwas sehen, ich hatte das Gefühl, als ob das andere Auge zugeschwollen war. Ich hatte furchtbare Schmerzen. Meine Hände waren auf dem Rücken gefesselt. In dem Lieferwagen war es sehr stickig und heiß.« Dan sah, wie sich Mara aufregte und sie hatte Tränen in den Augen. Officer Thompson schrieb alles mit.

»Captain Pepper, können wir eine Pause machen«, fragte Dan? Aber Mara fiel ihm ins Wort:

»Dan, es ist schon OK, kann ich bitte etwas zu trinken haben. Und Mary holte ihr ein Glas Wasser und zeitgleich kam ihr Hausmädchen mit Kaffee.

»Wissen Sie, wie lange sie in dem Lieferwagen gefahren sind?«

»Nein, das kann ich nicht genau sagen, weil ich erst in dem Lieferwagen zu mir gekommen bin. Da fuhren wir bereits. Ich spürte nach kurzer Zeit, dass der Lieferwagen über unebenes Gelände fuhr, denn mein Kopf schlug ein paar Mal auf dem Boden des Lieferwagens auf. Dann wurden die Türen auf der Rückseite des Lieferwagens aufgerissen und sie zerrten mich heraus. Ach ja, während der Fahrt sagten sie, dass sie von der Tochter des Milliardärs ein hübsches Sümmchen erpressen könnten. Ich dachte noch, hey, die haben die falsche Person, ich habe keine Eltern die Milliarden haben.

Zu dieser Zeit sagte ich aber nichts, weil ich Angst hatte, sie würden mich wieder schlagen. Ich konnte nicht richtig laufen, sie schleiften mich mehr als ich lief in einen Trailer. Es sah auf jeden Fall aus, wie ein Trailer. Ich kannte sie vorher nur aus Georgia, wo meine Cousine wohnt. Der Trailer hier hatte blaue Streifen an der Seite.« Captain Pepper nickte mit dem Kopf als Zustimmung.

»Ich glaube der eine mit der Pudelmütze hatte Problem mit seinen Händen. Er hatte sie fast nicht benutzt.«

Dan ballte die Fäuste, als er das alles hörte, was man mit Mara anstellte. Es war schlimmer, als er es sich jemals vorgestellt hatte. Das war fast am Rand des Ertragbaren für ihn. Er wusste aber, er muss jetzt für Mara stark sein. Dan versuchte sich nichts anmerken zu lassen, was er wirklich fühlte. Er saß neben Mara und hielt ihr die Hand. Sie sah es ihm aber an, wie er mit dem Kiefer mahlte.

»Was passierte weiter«, wollte Captain Pepper wissen.

»Sie warfen mich in ein Zimmer. Wie das Zimmer aussah, wissen sie. Sie waren ja im Haus.« Mehr zu Dan sagte sie:

»Es war eine versiffte stinkende Matratze in dem Zimmer. Ein Eimer stand in der Ecke. Der sollte als Toilette dienen. Mara schüttelte sich, als sie daran dachte. Der Raum war feucht und ekelig. Ich glaube es war gegen Abend, als der Dicke zu mir kam und mir eine Flasche Wasser brachte. So genau weiß ich das nicht, weil das Fenster zugenagelt war. Das Wasser stank fürchterlich. Ich konnte es nicht trinken. Am nächsten Morgen kam er mit einem Teller Suppe und drohte mir, wenn ich auch die nicht esse, würden sie mich zwangsernähren. Das war der blanke Horror. Ich sagte ihm, das sie die falsche Person haben, nur glaubten sie mir nicht. Dann stritten sich die beiden. Ich glaube der Dicke nannte den anderen Paul oder so ähnlich. Woraufhin dieser sehr sauer mit dem Dicken wurde, weil er seinen Namen gesagt hatte. Geschlagen hat mich nur der Dicke. Vermutlich machte es ihm Spaß unschuldige Leute zu verprügeln«, erwähnte Mara bitter.

»Am zweiten Tag kamen sie wieder und brachten mir einen Kaffee und ein Muffin. Und wieder drohte der Dicke mir Gewalt anzutun.« Tränen liefen ihr über das Gesicht.

Einen weiteren Tag vormittags kamen sie wieder zu mir und hatten die Zeitung in der Hand und bezichtigen mich der Lüge. Ich wusste zu der Zeit nicht, was in der Zeitung stand. Heute weiß ich, das war der Artikel von Mary. Der Dicke schlug und trat mich. Ich versuchte, meinen Kopf mit den Händen zu schützen. Dabei hörte ich einen Knochen knacken. Ich schrie, er solle endlich aufhören, aber er war wie von Sinnen. Dann wurde es schwarz um mich herum und ich hatte endlich keine Schmerzen mehr.« Wieder liefen ihr die Tränen hinunter. Dan nahm sie in den Arm und küsste sie auf die Stirn. Das zu erzählen kostete fast ihre ganze Kraft.

»Du brauchst keine Angst mehr zu haben. Die irren Typen kommen nicht mehr raus, sie werden unter anderem des Mordes an Ann Miller angeklagt. Hinzu kommt deine Entführung Körperverletzung und Erpressung.« Captain Pepper stimmte Dan zu. Mara fragte,

»warum musste Ann Miller sterben?« Officer Thompson erklärte ihr,

»dass werden die weiteren Untersuchungen ergeben. Im Moment sieht es so aus, dass sich die Beiden gegenseitig beschuldigen. Klar beide wollen nicht in die Todeszelle.« Mara erschrak, als sie das hörte. In Florida gibt es noch die Todesstrafe.

»Denkbar wäre auch, dass Ann Miller Ihnen helfen wollte. Das wissen wir zurzeit noch nicht genau.«

Captain Pepper bedankte sich noch einmal bei Mara, dass sie jetzt schon bereit war, eine Aussage zu machen. Er gab ihr seine Karte für den Fall, dass ihr noch etwas einfiel.

»Bitte rufen Sie mich dann an. Sie werden vermutlich nach ihrem Urlaub zurück nach Deutschland reisen. Der Staat Florida wird sie zur Verhandlung vorladen und auch die Reisekosten übernehmen.« Mara nickte ihm zu. Sie war froh, dass die Befragung zu Ende war, denn sie war sehr erschöpft.

Maras Handy klingelte und sie hatte Angst ran zu gehen. Dan schaute nach, wer es ist und gab ihr das Handy.

»Das ist Amy«, sagte er und sie ging ran. Amy hatte es in der Zeitung gelesen und war sehr bestürzt.

»Mensch Kleene, was machst du nur für Sachen? Wie geht es dir?«

»Es geht so, Mara erzählte ihr, dass gerade die Polizei hier wäre und sich mit ihr Unterhalten wollte. Kann ich dich zurückrufen?«

»Ja klar doch pass gut auf dich auf.«

Mara erholte sich nur langsam. Die Rippenbrüche machten ihr sehr zu schaffen und die nächtlichen Albträume. Dan war immer an ihrer Seite und weckte sie liebevoll, wenn die Albträume wieder kamen und sie schrie. Dann war sie schweißgebadet. Dan tat alles, was in seiner Macht stand, ihr zu helfen. Mara war ihm dankbar.

Die Eltern von Dan hatten sie in ihr Herz geschlossen. Mary machte sich immer noch Vorwürfe, dass sie sich an die Presse gewandt hatte. Obwohl Mara ihr nie einen Vorwurf gemacht hatte, sah sie doch, wie Mara unter ihren Schmerzen litt, obwohl sie sich zusammennahm und es nicht so zeigen wollte.

Paul Hudson und Ole Titus saßen in ihren getrennten Vernehmungszimmern. Captain Pepper war mit seinem Kollegen Officer Thompson zuerst bei Ole. Er war an Händen und Füßen gefesselt und steckte in der roter Anstaltskleidung. Das war nichts außergewöhnliches, das war in Florida normal. Er rutschte auf seinem Stuhl hin und her. Seine Nervosität konnte er nicht verbergen. Zu viel stand auf dem Spiel. Er musste alles Paul unterschieben, dann könnte er mit einem blauen Auge davon kommen. Captain Pepper schmunzelte, als er Ole sah. Ole Titus hatte schon eine ganze Latte an Straftaten hinter sich. Bisher waren es nur kleinere Delikte. Diebstahl, Erpressung, Schlägereien, Veruntreuung. Mord war eine ganz andere Schiene. Er war gespannt, wie Ole versuchen wird, sich aus der Affäre zu ziehen.

Ole wurde auf seine Rechte und Pflichten verwiesen, er müsse nichts sagen, wenn er sich damit selbst belasten würde. Das Aufnahmegerät wurde eingeschaltet.

»Ole erzähle uns doch mal den Tathergang.«

»Captain Pepper, Sie kennen mich doch, ich mache keine großen Dinger, das war Paul. Er hat die Kleine auch so zugerichtet. Ich habe ihm immer gesagt, er soll nicht so brutal sein.« Und Ole setzte eine Unschuldsmine auf.

»Hmm, nur wie kam denn ihr Blut auf dein T-Shirt? Die DNA hat das zweifelsfrei ergeben.« Ole spielte nervös mit seinen Fingern.

»Na ja, vielleicht habe ich sie auch einmal angefasst, murmelte er.«

»Was war mit Ann Miller und ihrem Hund?« Die Angeklagten konnten das eigentlich nicht wissen, wenn sie mit ihr nichts zu tun gehabt hätten. Das war von Captain Pepper nur ein Lockmittel. Er war gespannt, ob seine Rechnung aufging.

»Damit habe ich überhaupt nichts zu tun, das müssen Sie mir glauben.« Ich sah sie zu uns rüber kommen und Paul sagte zu mir,

»mach sie kalt.« Ich sagte ihm noch, dass ich so etwas nicht mache. Erpressung ist eine Sache, Mord eine Andere, dann ging Paul zu ihr und erschlug sie und den Hund. Captain Pepper, ich war total geschockt.« Captain Pepper musste schmunzeln, das ging ja schneller als er dachte. Somit war die Mordanklage perfekt.

»Was sagte Ann Miller zu euch?«

»Wir sollten die Frau in Ruhe lassen, das ginge doch nicht, sie würde die Polizei holen. Ihre Töle kläffte wie verrückt. Da mussten wir doch reagieren, Captain Pepper.«

Captain Pepper glaubte Ole nicht so ganz, sagte aber noch nichts dazu.

»Wie lange kanntest du Paul Hudson?«

»Er sprach mich an, als ich aus dem Knast kam. Er fragte mich, ob ich schnell zu viel Geld kommen möchte. Paul hatte die brillante Idee mit der Entführung. Er war der Drahtzieher von dem Ganzen.« Somit hoffte Ole, dass ihm keine Schuld nachgewiesen werden konnte. Ihm war es doch egal, ob Paul dafür Lebenslänglich bekam. Er fand seine Version so genial.

»Ole, wir fanden deine Fingerabdrücke auf dem Führerschein von Ann Miller. Wie erklärst du dir das?«

»Wir wollten sehen, ob wir ihn zu Geld machen können, aber Paul kannte niemanden, der ihn fälschen konnte. Aber zugeschlagen hatte er.«

»Wie seid ihr denn auf Mara Kamp gekommen?«

»Wir observierten das Haus schon ein paar Tage. Es fuhr öfters die junge Frau aus dem Grundstück. War ja klar, dass sie zum feinem Pinkel Harper gehörte.«

»Nur habt ihr tatsächlich die falsche Person so übel zugerichtet. Mara Kamp ist eine Deutsche und sie war erst einen Tag bei den Harpers auf Besuch.«

Man sah, dass die Kinnlade von Ole herunter fiel und seine abgebrochenen Zähne kamen zum Vorschein. Captain Pepper achtete auf jede Regung von ihm. Damit war Ole entlassen und er konnte abgeführt werden.

Captain Pepper ging zu Paul Hudson rüber. Der wie ein Häufchen Elend auf seinem Stuhl saß. Captain Pepper stellte ihm die gleichen Fragen, wie Ole. Auch er stritt ab, dass er die alte Frau getötet hat. Somit fiel auch Paul auf die gestellte Vermutung mit dem Tod von Ann Miller herein. Das stand nicht in der Zeitung. Das konnten nur die Täter wissen. Eine gute Fangfrage dachte Captain Pepper und rieb sich das Kinn.

»Und was hattet ihr mit dem Führerschein von Ann Miller vor?«

»Führerschein? Was für ein Führerschein? Ich weiß davon nichts, ich war doch im Lieferwagen.«

Damit war Captain Pepper einiges klar.

»Captain Pepper, aus meinen Akten muss doch hervor gehen, dass ich weder eine Pistole noch einen großen Schraubenschlüssel in die Hand nehmen kann.«

Und er zeigte ihm seine Hände, die vor ihm in Handschellen steckten. Drei Finger beider Hände waren deformiert und zwei Finger konnte er nicht mehr strecken. »Ich habe seit frühester Kindheit starkes Rheuma. Ich konnte mit Müh und Not das Auto fahren. Man kann mir wirklich viel nachsagen, aber ich bin nicht in der Lage einen Mord mit Gewalt auszuführen. Das war Ole. Er hat bei der Frau und dem Hund nur einmal kräftig zugeschlagen. Er hat die Kleine auch so zugerichtet. Ich habe ihn mehrfach gesagt, er soll sie in Ruhe lassen, wir wollen nur das Geld. Einmal musste ich ihn mit meinem Körper wegschubsen, ich dachte, er bringt die Kleine um. Irgendwie ist alles aus dem Ruder gelaufen. Ich bin nicht für Gewalt, noch nie gewesen. Kleine Betrügereien ja, damit tut man niemanden körperlich weh.«

»Was sagte Ann Miller zu euch?«

»Das konnte ich nicht verstehen, ich saß schon im Lieferwagen und hatte den Motor an. Ich hörte nur den Hund bellen.«

Ein erneutes Gutachten über Pauls Gesundheitszustand bestätigte seine Aussage dass er so gut, wie nichts in die Hand nehmen konnte. Pepper konnte sich erinnern, dass Paul bei der Verhaftung vor Schmerzen schrie. Nur war er der Meinung, dass er so einem Zugriff entkommen wollte. Das deckt sich auch mit der Aussage von Mara Kamp, dachte er sich. Also haben wir den richtigen Mörder und Paul hat lediglich Beihilfe zum Mord begangen. Der Staatsanwalt kann die Klage erheben. Diesen Fall konnte er relativ schnell lösen. Captain Pepper war mit sich zufrieden.

Ole Titus und Paul Hudson wollten keine Verteidiger. Sie konnten sich auch keine leisten. Somit ordnete das Gericht je einen Pflichtverteidiger an. So sah es das Gesetz vor. Ihnen wurde jeder ein Anwalt, der speziell mit diesen Fällen vertraut ist, zur Seite gestellt.

Beide verzichteten bei der polizeilichen Vernehmung auf ihre Anwälte. Ole war der Meinung, dass er das viel besser kann. Auch Paul verzichtete erst einmal.

Die beiden Rechtsanwälte Carter und Moore waren nicht davon angetan, dass sie bei der polizeilichen Vernehmung nicht anwesend waren.

Als sich Rechtsanwalt Carter Ole gegenübersetzte, merkten beide, dass die Chemie zwischen ihnen nicht stimmte.

»Ole hören Sie zu, ich bin nun einmal vom Gericht als Ihr Pflichtverteidiger bestimmt worden. Mich hat man auch nicht gefragt, ob es mir recht ist. Also lassen sie uns das Beste daraus machen. Ihre Situation ist mehr als heikel.«

»Haben Sie nichts Besseres zu tun, als mir die Zeit zu stehlen? Auch wenn ich hier einsitze, gibt es Besseres zu tun. Hat ihr Golfklub noch nicht geöffnet?« giftete er bissig.

»So wie ich es bei der Vernehmung schon sagte, war ich nicht der Mörder, sondern Paul. Da bin ich fein raus.

»Sie erkennen den Ernst der Lage nicht. Von fein raus kann überhaupt nicht die Rede sein. Nach Akteneinsicht kann Paul Hudson nicht der Mörder sein. Ein Gutachten bestätigt, dass er in den Händen starkes Rheuma hat und nicht in der Lage ist, eine Pistole oder einen großen Schraubenschlüssel in die Hand zu nehmen. Ihre Aussage bei der Polizei wurde auf Band aufgenommen und Sie haben das Protokoll unterschrieben.«

Rechtsanwalt Carter ließ das erst einmal auf Ole wirken und schaute ihn an. Er merkte, wie er ganz blass wurde und anfing zu zittern. Vermutlich erkannte er nun endlich seine missliche Lage.

Ole überlegte angestrengt. Stimmt Paul fasste so gut wie nichts an. Auch das Lenkrad beim Fahren fasste er so komisch an. Aber er wollte unbedingt selbst fahren. Und ich Idiot dachte, er wollte mich nur die Drecksarbeit machen lassen.

»Mr. Carter fing er auf einmal ganz versöhnlich an, zeigen Sie mir einen Weg, wie ich da wieder raus komme.« Ich habe sonst nur kleine krumme Dinger gedreht. Da kann man mir doch jetzt nicht so einen Strick draus drehen.«

»Durch die Beweislast und Zeugenaussagen wird das sehr schwierig sein. Wir können froh sein, wenn Sie nur Lebenslänglich bekommen und nicht die Todesstrafe. Ihre bisherigen

Straftaten haben mit dem Fall jetzt nichts zu tun. Sie haben einen Mord begangen und ihr Opfer fast getötet. Wir können nur versuchen strafmildernde Punkte zu finden. Dazu bin ich jetzt hier.« Der Anwalt merkte, wie Ole in sich zusammensackte.

»Ich will jetzt in meine Zelle zurück, sagte Ole ganz leise.«

Auch Paul Hudson sprach mit seinem Anwalt. Für ihn sah die Lage ein bisschen besser aus. Rechtsanwalt Moore sah in seine Akten, als Paul Hudson in den Vernehmungsraum geführt wurde. Er schaute hoch, als Paul sich setzte.

Paul schaute auf seine Hände, wie er es so oft tat, wenn er nachdachte. Er konnte es nicht verstehen, dass ihm als dem Denker so ein schwerer Fehler passierte und er sich mit Ole einließ. Er blickte hoch und sah seinen Anwalt an.

»Ich habe Ole wohl falsch eingeschätzt. Konnte nicht ahnen, dass er in Wirklichkeit ein Killer ist. Die Vereinbarung war ganz deutlich, keine Gewalt. Es ging nur um das Geld. Leider ist es dann so ausgeufert. Ich konnte es nicht mehr steuern. Und das passierte mir? Ich glaube ich werde zu alt für den ganzen Scheiß.« Er schüttelte kaum merklich den Kopf. Rechtanwalt Moore erklärte ihm:

»Sie sind auf jeden Fall etwas besser dran als Ole Titus. Bei Ihnen konnte einwandfrei bewiesen werden, dass sie mit ihren Händen niemanden umbringen können. Trotzdem kommt schon eine kleine Liste an Straftaten auf Sie zu. Erpressung, Entführung, Beihilfe zum Mord. Wir haben einige Punkte die sich Strafmildern auf das Urteil auswirken können. Darauf sollten wir unseren Fokus setzen.«

»Nee Gewalt und sogar Mord kommt bei mir nicht infrage. Es ging alles so schnell, als die Frau mit dem Hund auf uns zukam. Ich konnte es nicht mehr steuern. Ich habe bald ne Krise bekommen, als ich sah, dass er ihr auch noch die Taschen durchsuchte. Es ging mir nur um das Lösegeld. Endlich auch mal auf der Sonnenseite des Lebens stehen. Das war mein Ziel. Schauen Sie mich an, mit meinen Händen kann ich keinen Beruf nachgehen. Ich bekomme keinen Job zugewiesen. Ich kann meiner alten Mutter doch nicht immer auf der Tasche liegen.«

»Genau das ist es auch, was Ole Titus das Genick gebrochen hat. Es wurde einwandfrei nachgewiesen, dass Oles Fingerabdrücke auf den Führerschein von Frau Miller zu finden waren. Strafmildernd wird es das Gericht werten, dass die Zeugin Kamp ausgesagt hat, dass sie glaubt, Sie hätten ihr das Leben gerettet, als sie Ole von ihr weggestoßen haben. Können Sie mir noch etwas zu dem Fall sagen?«

»Nein sie wissen doch schon alles. Muss doch in den Akten stehen.«

Dan wandte sich an Captain Pepper und bat um die Telefonnummer von Frank Miller. Seine Familie möchte gerne bei der Beerdigung anwesend sein. Besonders Dans Mutter hegte den Wunsch. Auch Mara wollte das. Dan schaute Mara an und wollte wissen, ob sie sich dazu stark genug fühle. Mara erklärte ihm, dass es ihr absoluter Wunsch ist, Ann Miller das letzte Geleit zu geben. Immerhin ist Ann Miller wegen ihr gestorben.

Als Dan mit Frank Miller telefonierte, was ihm nicht so leicht fiel, weil er wusste, dass seine Kinder ihre geliebte Oma verloren hatten. Frank Miller war damit einverstanden und wollte sich nach der Beerdigung gerne mit Dan und Mara unterhalten.

Ann Miller wurde auf dem Friedhof Roselawn Cemetery in Tallahassee beigesetzt. Frank Miller sagte, das hatte sich seine Mutter gewünscht. Es waren rund 250 Leute bei der Beerdigung anwesend. Man musste die Zeremonie draußen über Lautsprecher übertragen. So viele Menschen passten nicht in die kleine Kapelle. Ann Miller muss sehr beliebt gewesen sein. Sie war auch in einigen Klubs Mitglied. Mit den Harpers wollte sich Frank Miller aber erst am Abend treffen. Er brauchte etwas Zeit für sich und seine Familie.

Im Hotelrestaurant trafen sich Mary, Dan und Mara mit Frank Miller. Mary war die Erste, die Frank ihr aufrichtiges Beileid aussprach. Frank wusste, dass sich seine Mutter mit Mary gut verstand und auch Bilder von ihr kaufte.

Mara konnte die Tränen nicht zurückhalten, als Frank ihr die Hand reichte.

»Es tut mir so unendlich leid, dass ihre Mutter meinetwegen sterben musste.«

Dan stand hinter Mara und streichelte ihr über den Rücken. So wollte er ihr Trost spenden.

»Es ist nicht Ihre Schuld. Das war Gottes Wille. Ihre Zeit war abgelaufen. Gerne hätte ich sie noch ein paar Jahre bei mir gehabt, weil meine Kinder sie so liebten. Auch wenn wir so weit weg wohnen, haben wir uns oft gesehen. Es ist eine schwere Zeit für die Kinder das zu begreifen, dass ihre Omi nun nicht mehr kommt. Ich glaube daran, dass es letztendlich unerheblich ist, wie ein Mensch stirbt. Meine Mutter hätte nicht gewollt, dass Sie sich Vorwürfe machen. Sie waren wohl nur die falsche Person am falschen Ort. So etwas gibt es. Ich bin beruhigt, dass sie nicht leiden musste. Sie war wohl sofort tot. Ich habe meinen Anwalt gebeten, die Nebenklage vor Gericht ohne meine Anwesenheit anzustreben. Ich möchte den Mörder meiner Mutter nicht gegenübersitzen.

Mary was sie mir von meiner Mutter erzählten und was ich von der Polizei erfuhr, passt genau in das Bild, was ich von meiner Mutter habe. Sie war zu jedem hilfsbereit, kannte keine Angst. Ich war sehr froh, dass sie in diese Gegend zog, damit ihr nichts passiert. Ja so kann man sich täuschen.«

Und schon war der Urlaub für Dan und Mara wieder vorbei und sie traten die Heimreise an. Allerdings mit dem Wissen, dass sie in ca. 3 Monaten wieder hier sein mussten. Mara dachte sich, den Urlaub hatte ich mir eigentlich anders vorgestellt. Mit viel weniger Schmerzen. Mara dachte mit Schaudern an die Verhandlung.

12

Als Mara und Dan in Frankfurt landeten zog Dan für eine Zeit zu Mara, damit er sich auch nachts um sie kümmern konnte. Sie hatte nach wie vor teilweise schlimme Albträume. Noch konnte sie nicht arbeiten gehen. Ihr linker Arm war noch in der Gipsschiene. Zu groß waren ihre Verletzungen. Die Rippenbrüche wollten und wollten nicht ganz ausheilen. Ihr Arzt schrieb sie weiterhin krank. So lag sie oft mit ihrem Hasen Emil auf dem gemütlichen Sofa und schaute fern. Oft dachte sie auch an die Verhandlung, wo sie ihre Peiniger wiedersehen musste.

An einem Wochenende fuhren sie zu Maras Eltern und die waren geschockt, als sie das alles ausführlich hörten.

»Nein, Papa war nicht in Florida,« beruhigte ihre Mutter sie. Mara erzählte von ihren Ängsten. Auch ihr Vater beruhigte sie.

»Mara, mir geht es seit dem Herzschrittmacher wieder gut. Ich muss halt ein bisschen zurückschrauben. Das fällt mir schon schwer, aber sonst geht es mir gut. Mach dir keine Sorgen um mich. Aber dafür, dass du aus Flo-

rida kommst, bist du sehr blass um die Nase.«
Mara zeigte ein gequältes Lächeln.

»Ich bin so dankbar, dass ich Dan an meiner
Seite hatte und habe. Ich weiß nicht, was ich
ohne ihn getan hätte.«

Dan entschuldigte sich für eine Weile und
Mara schaute ihn nur an.

»Schatz, ich bin gleich wieder hier, ich muss
nur schnell etwas erledigen. Bleib hier bei deinen Eltern«, und er zwinkerte Maras Mutter
zu. Sie nickte unmerklich.

Nach einer Stunde kam Dan wieder. Bevor
sie ihn sah, lief ein kleiner weißer Hund ins
Wohnzimmer. Mara stieß einen Schrei aus und
dann ließ sie sich langsam von der Couch auf
den Boden herunter. Der kleine Hund lief zu
ihr und wollte mit ihr spielen. Dann lief er
wieder zu Dan und zurück. Mara hatte Tränen
in den Augen und Dan lief zu ihr. Er umarmte
sie und sagte leise zu ihr:

»Das ist ein kleines Trostpflaster von mir.
Ich kann nicht ungeschehen machen, was passiert ist, aber ich stehe immer hinter dir. Ich
liebe dich. Der kleiner Malteserhund namens
Bella gehört jetzt dir. Oh ja entschuldige sagte
er, und schaute den Hund an. Du bist ja ein
Girl. Wenn wir mal weg müssen, passen deine

Eltern gerne auf sie auf. Das habe ich schon abgeklärt.«

»Mama, Papa ihr wusstet das schon?« Mara stütze ihre rechte Hand in die Hüfte und musste dann selber lachen. Sie umarmte ihre Eltern. Und dann widmete sie sich sofort ihrer kleinen Bella zu.

»Ja Mara, Dan hat vollkommen recht, Bella wird dich in Zukunft von deinen trüben Gedanken ablenken«, erklärte ihre Mutter. Mara brach in Tränen aus, aber es waren dieses Mal Tränen des Glücks. Sie war ihrer Familie so dankbar. Vor allem aber auch, dass sie jetzt einen Mann an ihrer Seite hat, der sie wirklich liebt und voll hinter ihr steht. Dan sah Mara zum ersten Mal seit dem Drama in Florida, wieder so richtig glücklich.

»Dan, du hast ja wirklich an alles gedacht, was ein kleiner Hund so braucht. Leine, Futter, Körbchen, Spielzeug.« Wow, dachte Mara, was ein klasse Mann.

»Aber natürlich ein Mann von Welt macht doch keine halben Sachen.« Alle lachten darüber.

Als sie wieder Zuhause waren, spielten beide mit Bella. Dieser kleine Wirbelwind schaffte im Nu ein Lächeln auf Maras Gesicht. Das Glück ist fast komplett, dachte sich Dan.

»Dan mach es dir doch gemütlich und ziehe deine Jogginghose an.«

»Nee das kann ich nicht machen, immerhin habe ich eine junge attraktive Frau neben mir. Da kann ich nicht so schlampig mit einer Jogginghose rum laufen.« Dan zwinkerte ihr zu.

»Aber ich habe doch auch eine an.«

»Bei dir sieht auch eine Jogginghose Sexy aus.« Mara wusste genau, was sein Blick ihr sagen wollte. Zu lange hatte sie ihn auf Abstand gehalten. Sie lächelte ihn an und ging ins Schlafzimmer.

»Bella du hältst hier wache, ich muss mal schnell zu deinem Frauchen«, grinste er und folgte Mara.

Nele kam Mara besuchen. Sie wollte auch die kleine Bella kennenlernen. Nele umarmte sie vorsichtig.

»Mensch Mara, ich bin so froh, dass Dan zu dir hält. Er redet auch im Theater ganz liebevoll von dir. Das ist ganz schrecklich, was dir in den Staaten passiert ist. Ach was ist das denn für ein Wollknäuel«, rief Nele als Bella angerannt kam. Sie bellte zur Begrüßung.

»Du bist ja zum Knutschen.« Nele fragte sie, ob sie züchten wolle, aber Mara verneinte es sofort.

»Ich habe Bella wirklich nur zum Liebhaben. Ich gehe auf keine Ausstellung und nichts. Seit ich sie habe, kommen die Albträume nicht mehr so oft. Sie tut mir so gut. Sie kommt mir überall nachgerannt. Ich wusste nicht, wie schön es sein kann, einen Hund zu haben. Sie versteht sich auch mit Emil. Obwohl er ja viel größer als sie ist.«

Es war eine Woche vor dem Abflug nach Florida zur Hauptverhandlung. Mara stellte die Sachen zusammen, die sie mitnehmen wollte. Da klingelte der Postbote und übergab ihr einen Brief aus Übersee. Noch einer murmelte sie vor sich hin. Mit krakeliger Schrift wurde ihre Adresse auf das Kuvert geschrieben. Den Absender kannte sie nicht. Der Inhalt ließ ihr Blut gefrieren. Dan war schon auf der Arbeit und sie rief ihn mit zitternden Händen an.

»Mara mein Schatz, was ist los, du klingst so aufgeregt.« Als er aus ihrem Stammeln heraus fand, was los war, sagte er nur kurz:

»Ich bin gleich bei dir«, und legte auf. Kurze Zeit später kam Dan nach Hause und fand Mara in Tränen aufgelöst vor. Sie hielt ihre Bella in den Arm und zeigte nur auf den Brief.

Dan las:

»Ich bin die Mutter von Paul Hudson. Warum wollen Sie meinen Sohn vor Gericht zerren? Er hat Ihnen nichts getan. Er ist überhaupt nicht in der Lage irgendjemanden etwas zu tun. Was wollen Sie von meinem Sohn? Überlegen Sie sich gut, was sie tun. Bleiben Sie, wo sie sind, sonst gibt es noch ein Unglück. Das wollen Sie doch bestimmt nicht, oder?« Unterschrieben wurde der Brief mit,

»Eine Mutter.« Dan runzelte die Stirn.

»Ich werde es sofort dem Gericht in Florida faxen. Wir haben die Case Nummer, da kommt es auch richtig an. Wir sollten uns davon nicht beirren lassen. Was Paul Hudson auf jeden Fall getan hat, unabhängig von dir Mara, war Beihilfe zum Mord. Er hat die Schläge, die du einstecken musstest, nicht vereitelt. Von daher hat er sich sehr wohl schuldig gemacht.«

»Dan ich habe Angst. Hört das denn nie auf?«, fragte Mara. Dan kam zu ihr und nahm sie in den Arm.

»Hab keine Angst Liebes. Ich werde den Brief auch meinem Vater mailen. Er wird für die ganze Zeit, die wir in Florida sind, Bodyguards ordern. Das sagte er mir schon, bevor wir dort abgeflogen sind. Dir kann nichts passieren. Ich weiche nicht von deiner Seite.«

Mara nickte tapfer, aber ihr war die Sache nicht geheuer. Und die Nacht darauf kamen wieder die Albträume. Dan kümmerte sich liebevoll um sie. Bella lag mit im Bett und sie leckte Mara die Tränen weg, drüber musste sie schmunzeln.

»Iiiih, das kitzelt.«

»Siehst du, auch Bella passt auf dich auf. Das ist auch ihr Job, und wie ich sehe, macht sie ihn sehr gut.« Dan streichelte Bella und sie legte sich auf den Rücken. Das war ihre Aufforderung:

»Bitte Bauch kraulen.« Beide mussten lachen.

Zwei Tage vor dem Abflug nach Florida klingelte es an der Tür. Dan machte auf und es standen zwei Männer vor der Tür. Es waren richtige Muskelprotze. Dan schluckte und fragte, was sie wollten. Sie zeigten ihm ihre Ausweise und so erfuhr Dan, dass sein Vater ihnen die Bodyguards schickte. Er wollte nichts dem Zufall überlassen.

»Sir, wir wohnen im Hotel Primus und holen sie zum Abflug ab. Sie brauchen sich um nichts zu kümmern.«

»Danke sagte Dan und verabschiedete die Männer.«

»Wer war das denn«, fragte Mara und Dan erklärte es ihr.

»Jetzt wird es wohl ernst.« Dan zog sie an sich heran und sagte ihr, dass sie sich keine Gedanken machen sollte. Das ist leichter gesagt als getan, dachte Mara.

»Es ist alles geregelt. Dass was wir dort machen müssen, ist rein Proforma.« Wenn du möchtest, fliegen wir gleich wieder nach Hause, wenn du deine Aussage gemacht hast.«

»Das wäre zu überlegen, aber wir sollten deine Eltern nicht vor dem Kopf stoßen, wenn sie schon die Bodyguards bezahlen. Rede bitte mit ihnen.«

»Habe ich schon, sie würden sich freuen, wenn wir ein paar Tage blieben, aber sie würden dich verstehen, wenn du gleich wieder nach Deutschland wolltest. Ich würde sagen, du entscheidest dich, wenn du die Verhandlung hinter dir hast.« Mara küsste ihn dafür.

»Wir müssen jetzt auch los, Bella zu meinen Eltern bringen. Ich werde sie da drüben vermissen. So viel Spaß habe ich mit ihr. Sie ist unser ganzer Sonnenschein.«

»Ja das ist sie,« stimmte Dan ihr zu.

Früh morgens, am Abflugtag, klingelte es an ihrer Tür. Ihre Bodyguards stellten sich als Logan und Jim vor und gaben ihnen die Flugtickets. Sie folgten Mara und Dan wie ein Schatten, aber immer so, dass sie noch etwas Freiraum hatten. Nach dem Flug wurden sie von Logan und Jim zu Dans Eltern gefahren. Die Freude war groß, als sie sich wiedersahen, wenn auch mit gemischten Gefühlen begleitet.

»Mara, wie geht es dir, wollte James wissen.«

»Bis zu diesem ominösen Brief ging es ganz gut. Danke.«

»Wir haben das Schreiben dem Richter noch einmal zukommen lassen und es wurden Vorkehrungen getroffen. Außerdem habt ihr eure Bodyguards. Da wird sich niemand wagen, etwas Unerlaubtes zu tun. Wenn es dir recht ist, Mara, werden wir dich zum Gericht begleiten.« Mara war es sehr recht.

Am nächsten Tag fuhren sie alle zum Gericht. Mara war sehr nervös, dass Dan ihr ein leichtes Beruhigungsmittel gab.

»Keine Angst, es ist nichts Schlimmes, es ist etwas Homöopathisches.« Mara lächelte ihn an und schluckte die kleine Pille.

Als Mara in den Gerichtssaal gerufen wurde, versuchte sie so selbstbewusst wie möglich zu ihrem Platz in den Zeugenstand zu kommen. Sie sah ihre Peiniger von damals in roter Gefängniskleidung. Beide waren an den Händen und Füßen gefesselt. Ole der Dicke grinste sie wieder an und sie senkte den Blick. Paul sah sie nicht einmal an. Sie sah Dan im Zuschauerraum, der sie aufmunternd ansah. Er lächelte ihr zu und er gab ihr damit zu verstehen, dass sie keine Angst zu haben braucht.

Sie sah aber auch ein paar Leute, die sie feind-selig anschauten. Ob das die Familien von den Tätern waren, wusste Mara nicht. Mara wurde auch schnell abgelenkt, als die Befragung begann.

Mara wurde zur Sache befragt und was sie vom Hergang mitbekommen hat. Auch nach Ann Miller wurde sie gefragt. Da konnte sie kaum Angaben machen. Sie hörte damals nur kurz den Hund und hatte eine Frauenstimme gehört. Man ließ es dabei bewenden. Ann Miller ist ihr vorher nicht aufgefallen, weil sich Mara auf den Verkehr konzentriert hatte. Auch von den Verteidigern wurde sie befragt. Das Kreuzverhör, wovor sie so große Angst hatte, fand nicht statt. Die Verteidiger beider Angeklagten machten sich nur Notizen.

Nur einmal gab es einen Tumult, als Mara den Brief der Mutter von Paul erwähnte. Das griff der Richter auf und sagte, dass er den Brief vor sich habe und schaute in den Zuschauerraum. Da erhob sich eine Frau und keifte:

»Ja ich habe ihn geschrieben, schaut sie euch doch an, ihr geht es gut und mein Sohn soll im Knast schmoren? Das ist nicht fair Herr Richter.«

Der Richter rief sie zur Ordnung, aber sie hörte nicht auf zu keifen. Kurzerhand wurde sie aus dem Gerichtssaal entfernt, auch dabei keifte sie noch weiter. Der Richter schüttelte den Kopf. Das war das erste Mal, dass Paul hoch zu seiner Mutter schaute. Er sagte kein Wort. Seine Mutter kam in einem separaten Raum in Gewahrsam bis für Mara die Verhandlung vorbei war und sie mit ihrer Familie das Gericht verlassen hatte. Sie wollte auch nicht bei der ganzen Verhandlung anwesend sein.

»Mara erklärte, ich hoffe, das war nun alles von dieser Geschichte. Ich möchte sie endlich abschließen. Und ich möchte Florida nicht nur in so schlimmer Erinnerung behalten. Denn es ist ein schöner Staat und ich habe hier auch wirklich liebe Menschen kennengelernt.«

Dabei schaute sie die Eltern von Dan liebevoll an. Sie kamen zu ihr und drückten sie. Weiter erklärte Mara, dass sie die Palmen hier so schön findet.

»Dan ich habe es mir überlegt, lass uns noch ein paar Tage hier im Haus deiner Eltern bleiben. Ich würde mit dir auch so gerne mal in eine Mall gehen. Das letzte Mal war ich mit Amy in Georgia shoppen.«

»Aber gerne mein Schatz, du machst mich und meine Familie sehr glücklich.« Er konnte Mara nicht sagen, dass er sie auf jeden Fall überzeugt hätte, noch ein paar Tage hier zu bleiben. Denn er hatte eine Überraschung für sie. Auch wusste sie nicht, das Pam und John heute noch kommen.

13

Mary kam zu Mara und schaute ihr in die Augen. »Liebe Mara, wir dachten uns, dass wir zum Abschluss der Verhandlung heute eine kleine Feier abhalten sollten, was sagst du dazu?«

»Ja das ist mir sehr recht«, lächelte sie.

Dan schaute seine Mutter siegessicher an.

»Mein Schatz, wir haben eine kleine Überraschung für dich vor. Ab jetzt soll dein Leben nur noch positiv sein. Dafür werde ich sorgen«, meinte Dan. Oh je, dachte Mara, was hat er denn vor.

Als sie zum Anwesen der Harpers kamen, sah Mara vor dem Eingang die Luftballons. Ach ja, dachte sie, bei den Harpers gab es ja kein Klein und sie musste schmunzeln. Es stimmte, das große Tor wurde sofort geschlossen als sie durch das Gate fuhren, und man sah auf dem Anwesen die Security.

Dan zog Mara in sein Zimmer und zog sie langsam aus. Sie schaute ihn verdutzt an. Nee das jetzt bitte nicht, dachte sie. Wie immer konnte Dan ihre Gedanken lesen.

»Keine Angst mein Schatz, ich will dir nicht an die Wäsche - noch nicht - und er blinzelte sie an. Sie ließ es geschehen, was er vorhatte. Dan trug sie in sein großes Bad, wo schon die große Badewanne mit Whirlpool auf sie wartete.

»Oh Dan, ich liebe dich«, wisperte sie. Dan ließ sie ganz langsam in das warme Wasser hinein gleiten. Sie genoss den großen Whirlpool. Auch Dan zog sich aus uns kam zu ihr in den Whirlpool. Nachdem sie sich ausgeruht hatten, zogen sie sich an und Mara hörte laute Stimmen. Dan musste sich zusammennehmen, damit er nichts verriet.

»Wollen wir schon runter Dan?«

»Ja das können wir machen«, meinte Dan. Mara schaute ihn an und fragte, was mit ihm los sei. Aber er versicherte ihr, dass nichts sei.

»Geh doch schon mal runter. Ich komme gleich nach.«

Natürlich blieb Dan dicht hinter ihr. Er wollte seine Liebste sehen, was sie gleich für Augen machte. Als Mara auf der vorletzten Stufe der Treppe stand, tat sie einen Schrei und rannte auf Amy zu. Beide Frauen lagen sich in den Armen.

»Mensch Amy, du hier?« Tränen schimmerten in Maras Augen.

»Ja meine Kleene, als ich die Einladung von Dan und seinen Eltern erhielt, konnte ich doch nicht absagen. Aber jetzt verstehe ich dich, was du meintest, als du in dieses Haus kamst. Amy staunte nicht schlecht, als sie sich umschaute. Sie wurde ebenso herzlich von der Familie aufgenommen.

Dan freute sich, als er in das glückliche Gesicht von Mara schaute. Wenn sie wüsste, dass ihre Überraschung noch nicht zu Ende ist. Er musste schmunzeln, wenn er daran dachte, was er noch vorhatte. Im großen Esszimmer war schon alles gedeckt. Dan kam gerade die Treppe runter, als die Tür aufging und Pam und John herein kamen. Die Freude bei Mara war sehr groß. Sie hatte auch in freudiger Erwartung ihr schönes eng anliegendes beigefarbenes Kleid angezogen. Sie wusste, dass Dan es liebte. Da sie durch den Überfall auch noch 4 kg abgenommen hatte, stand es ihr sehr gut. Dan und John zwinkerten sich zu. Nach dem großen Diner gingen alle in die Bibliothek. Wo die Hausangestellte Cocktails reichte. Dan verließ kurz das Zimmer. Er wirkte etwas nervös und Mara konnte sich keinen

Reim darauf machen. Als er wieder ins Zimmer kam, war es mucks Mäuschen Still. Man hätte eine Stecknadel fallen hören können. Dan hatte sich einen Silbergrauen Anzug angezogen. Er ging auf Mara zu und er ging formvollendet auf die Knie und sah Mara an.

»Mara du bist die Liebe meines Lebens und wir haben in letzter Zeit viel durchgemacht. Ich habe dir versprochen, dass ich immer auf dich aufpassen werde. Und darum bitte ich dich, meine Frau zu werden.«

Dann holte Dan einen Ring aus der Sakkotasche und steckte ihn ihr auf den linken Ringfinger. Mara wusste nicht, was sie sagen sollte. Alles drehte sich in ihr. Es schimmerten Tränen in ihren Augen, sie lächelte und sagte ganz einfach

»Ja.«

Alle ablaudierten und freuten sich mit den Beiden. Jeder kam zu Mara und drückte sie. James kam zu ihr und sagte ganz offiziell:

»Willkommen in unsere Familie.« Zu seinem Sohn sagte er:

»Dan ich bin sehr froh, dass du so eine tolle Frau gefunden hast. Ich dachte schon, du würdest nie mehr heiraten.« Nur John musste lachen:

»Ist das der große Bruder, der uns immer gesagt hat, ICH - HEIRATEN - NIE.« Alle stimmten in das Lachen ein.

»Habe ich euch nicht immer gesagt, im Leben kommt manches anders, als man denkt?« Ja erwähnte Pam:

»Das galt aber nie für dich und sie zwinkerte ihren großen Bruder zu.«

Amy kam zu Mara und drückte sie ganz doll.

»Mensch Kleene, ich wünsche dir von Herzen alles Gute. Viel Glück, nah ja Reichtum brauche ich dir nicht zu wünschen. Dass ihr Beide genauso glücklich werdet, wie ich es mit meinem Steve war. Du hast den Vorteil, dass Dan nicht mehr in der Armee ist. Ich wünsche euch ein langes glückliches Leben.«

John und Pam kamen auch zu ihnen und beglückwünschten sie. John meinte zu Mara:

»Ich weiß immer noch nicht, was du mit meinen großen Bruder angestellt hast, dass er so handzahm wurde. So langsam glaube ich wirklich an die große Liebe, wenn ich euch sehe.«

»Ich habe doch gar nichts gemacht, beschwerte sie sich lachend.« Mara freute sich, dass Niemand in der Familie die Nase rümpfte, weil sie nicht so viel Geld wie Dan hatte. Darüber muss sie noch einmal mit Dan reden. Aber nicht heute und nicht jetzt. Sie war heute einfach nur glücklich.

Dan nahm seine Mara beiseite und flüsterte ihr zu:

»Ich hoffe, du verzeihst mir diesen kleinen Überfall.« Sie lächelte ihn an:

»Schon vergessen, dass hast du wirklich sehr schön gemacht. Seit wann hattest du das denn vorgehabt?«

»Seitdem man dich mir entrissen hatte. Da habe ich zum ersten Mal in meinem Leben richtige Angst gespürt. Ich schwor mir, das dir niemals im Leben noch einmal so etwas Schreckliches passiert. Meine Eltern wussten Bescheid.« Und sie küssten sich lange.

Alle lachten und sie feierten bis in den frühen Morgen.

Am nächsten Morgen beim Frühstück fragte Mary:

»Seit ihr einverstanden, dass wir eure Hochzeit hier bei uns im Haus feiern? Mara, wir laden auch deine komplette Familie ein. Es soll ein großes rauschendes Fest werden.«

Dan sah Mara an und beide hatten eigentlich nichts dagegen. Mara wollte nur nicht ohne ihre Familie feiern. Das war ihr ganz wichtig, dass ihr Papa und ihre Mama dabei sind. Natürlich auch ihre geliebte Schwester und Bella auch sie musste dabei sein. Dann holte sie ihr Handy und rief ihre Eltern an, um ihnen die frohe Botschaft zu verkünden. Aber Dan hat schon bei ihren Eltern um ihre Hand angehalten. Mara fiel aus allen Wolken, als sie das erfuhr. Es schienen wohl alle zu wissen, nur sie selber nicht. So langsam dämmerte es ihr, dass die Verlobung von seiner Familie geplant war. Sie sah die Luftballons, bevor sie sich entschieden hatte, doch noch ein paar Tage zu bleiben.

Als sie wieder in Frankfurt waren, mussten sie sofort zu ihren Eltern fahren. Mara hatte große Sehnsucht nach ihrer Bella. Es war ein freudiger Empfang und eine nasse Hundezunge konnte nicht genug von Mara bekommen. Auch hier war ihre Verlobung das Thema überhaupt. Stolz zeigte sie ihren Verlobungsring. Dan erklärte dazu:

»Bei uns ist es üblich, dass der Verlobungsring gleichzeitig der Vorsteckring zum Ehering ist. Beide sind passend vom Design und er wird immer links getragen der Hand zum Herzen.«

Ein paar Monate später bekamen sie von ihrem amerikanischen Anwalt das Urteil der Verhandlung zugestellt. Ole Titus bekam eine lebenslange Haftstrafe und Paul Hudson wegen Beihilfe 12 ½ Jahre Gefängnis. Es wurde anhand eines Gutachters erwiesen, dass Paul weder eine Pistole noch einen großen Schraubenschlüssel in den Händen nehmen kann. Also war der Mörder einwandfrei Ole Titus.

Dan sagte zu Mara:
»Liebling jetzt können wir wirklich mit dem Fall abschließen. Es kann nichts mehr kommen.« Sie kam auf ihn zu und nickte.

Wo sie ihre Lebensmitte ausrichten wollen, wissen beide noch nicht. Vorerst ist Deutschland ihr Ziel.

Nachwort:

Wenn Ihnen Band 1 gefallen hat, dann freuen Sie sich auf die Fortsetzung von der Krimi Trilogie. Die Geschichte mit Dan und Mara geht weiter.

»Der Anschlag«, verspricht auch wieder spannend zu werden.

Ein Anschlag mitten in der Premiere erschüttert das Schauspielhaus. Drei Tote 25 Verletzte und davon 8 Schwerverletzte sind zu beklagen. Darunter auch Maras Schwester Ilona. Mara kann das nur schwer verkraften. Wie konnte es dazu kommen? War es ein Terroranschlag. Wird es ein Bekennerschreiben geben? Oder war es ein Einzeltäter? Kommissar Beck steht vor einem Rätsel. Mara und Dan kamen wie durch ein Wunder mit dem Leben davon. Doch der Schock sitzt tief. Dann nimmt sich Benno Tanner das Leben. Stand er mit der Tat in Verbindung? Für Kommissar Beck tun sich immer mehr Fragen auf.

Fiebern Sie mit, wie es mit Dan und Mara weiter geht.

Wer waren die Täter? Was waren die Motive?

»Der Anschlag« erscheint in Kürze.

Danke

Ich möchte mich bei meinem Mann Karl bedanken. Danke für deine Unterstürzung zu jeder Zeit. Für deine unendliche Geduld und die vielen konstruktiven Diskussionen. Danke für deine Inspiration.

Ein herzliches Dankeschön am Verlag Tredition GmbH für die schnelle komplikationslose Veröffentlichung meiner Bücher. Ihr seid ein tolles Team.

Weitere Bücher aus dem Hause Bergbauer:

„Kleine Wunder zur Weihnachtszeit"

 Zauberwelt der kleinen Wunder enthält 18 schöne Geschichten über kleine Wunder zur Weihnachtszeit. Die kleine freche Schneeflocke erlebt einige Abenteuer, weil sie nie das tut, was sie eigentlich tun sollte. Fluffi kann dank seiner neuen Freunde seinem Leben eine positive Wendung geben. Ferdinand der Schneemann erwacht in einer bitterkalten Nacht zum Leben.

Nach mehreren Büchern stellen Gaby & Karl Bergbauer nun ihr gemeinsames Werk vor. Sie wünschen ihren Lesern viel Spaß beim Eintauchen in »Kleine Wunder zur Weihnachtszeit.«

ISBN 978-3-7345-3110-1 (Hardcover)
ISBN 978-3-7345-3109-5 (Paperback)
ISBN 978-3-7345-3111-8 (E-Book)

Verlag tredition GmbH
https://tredition.de/

„Ein Kobold mit weißen Haaren"

Tinka, der kleine Kobold ist eine Malteserhündin. Sie selbst erzählt aus ihrem Leben. Sie kommt mit 12 Wochen in ihr neues Zuhause. Frauchen und Herrchen hat sie sofort im Sturm erobert. Nicht so die dort lebende Malteserhündin Penny. Sie sieht Tinka als Eindringling in die Dreierbeziehung. Tinka lässt nichts unversucht, um das Herz von Penny zu gewinnen. Nach vielen Hürden und langen Wochen ist es endlich soweit. Sie wurden Freunde, die gemeinsam durch dick und dünn gingen.

ISBN 978-3-8495-9325-4 (Hardcover)
ISBN 978-3-8495-9324-7 (Paperback)
ISBN 978-3-8495-9326-1 (E-Book)

Verlag tredition GmbH
https://tredition.de/

„Pennys Vermächtnis"

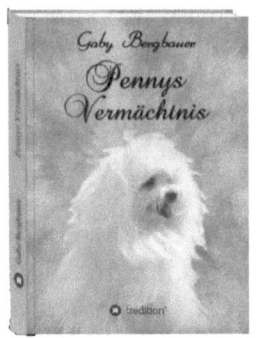

Ist eine wahre Geschichte von einer Malteserhündin, die über die Regenbogenbrücke ging. Sie erzählt noch einmal aus ihrem Leben, wie sie nach langer Ausnutzung als Showhund einfach ihre Identität verlor und regelrecht weggeworfen wurde. Wie sie sich mit ihrem Charme selbst ihre neue Familie aussuchte, wo sie zum ersten Mal in ihrem Leben Liebe und Zuneigung fand. So lernte sie eine ganz neue Welt kennen. Nach einem Umzug in ein fremdes Land schleicht sich Tinka, ein Malteserwelpe ungefragt in ihr Leben. So übernimmt sie doch noch einmal die Mutterrolle mit Bravour.

ISBN 978-3-7323-2456-9 (Hardcover)
ISBN 978-3-7323-2457-6 (Paperback)
ISBN 978-3-7323-2458-3 (E-Book)

Verlag tredition GmbH
https://tredition.de/

Die Siegerin – Vom Kind zur Frau:

Nicht jede Mutter und nicht jeder Vater sind liebende Eltern.

Der Name Laura bedeutet - die Siegerin. Laura musste schon sehr früh kämpfen und sie malte sich aus, dass sie eines Tages über alles siegen würde. Trotz aller Schmerzen und Ängste, die sie schon in jungen Jahren erdulden musste. Sie litt unter ihrer herrschsüchtigen Mutter und ihren gewaltbereiten Stiefvater. Sie suchte Schutz bei ihrer Mutter, aber sie fand ihn nicht.

ISBN 978-3-7323-5925-7 (Paperback)
ISBN 978-3-7323-5926-4 (Hardcover)
ISBN 978-3-7323-5927-1 (E-Book)

Verlag tredition GmbH
https://tredition.de/

Mein Amerikanischer alpTraum

Karl und Gaby entscheiden sich für ein neues Leben im Land der unbegrenzten Möglichkeiten, aber der amerikanische Traum hat seine eigenen Regeln und zeigt die Grenzen des Möglichen und wiegt die Vor- und Nachteile in dem neuen Land ab.

Ein Auf und Ab über 11 Jahre beschreibt das erwartete mit der Realität. Allen Emotionen bei Erfolgen und Niederlagen spiegelt sich in dieser Biografie nieder. Auswandersendungen im TV haben leider nichts mit der Wirklichkeit zu tun und so sollte ein solcher Schritt gut überlegt werden, denn es kommt meist anders als erwartet. Ein Abenteuer ist es auf jeden Fall und spannend obendrein, denn man weiß nie, was morgen kommt.

ISBN 978-3-7323-2284-8 (Hardcover)
ISBN 978-3-7323-2283-1 (Paperback)
ISBN 978-3-7323-2285-5 (E-Book)

Verlag tredition GmbH
https://tredition.de/

Zeitfracht Medien GmbH
Ferdinand-Jühlke-Straße 7
99095 Erfurt, Deutschland
produktsicherheit@kolibri360.de